Mathieu Lindon

Le procès de Jean-Marie Le Pen

Gallimard

Mathieu Lindon est né en 1955. Il est journaliste. Il a publié plusieurs romans dont *Champion du monde* (Folio n° 2876), *Les apeurés* (Folio n° 3311) et *Le procès de Jean-Marie Le Pen*. Il a également écrit sous le pseudonyme de Pierre-Sébastien Heudaux.

Quand il s'ouvre, il y a déjà plusieurs mois qu'on appelle le procès Blistier « le procès de Jean-Marie Le Pen ». Ce sont des groupes antiracistes qui, les premiers, l'ont nommé ainsi et, portée par l'indignation générale, la formule a été adoptée par la presse et la télévision. Le président du Front national n'est-il pas responsable du meurtre commis par un de ses militants adolescent, enflammé par ses discours ? Ne doit-il pas être convoqué au tribunal, au moins comme témoin ?

Maître Pierre Mine se trouve embringué dans cette affaire. C'est un jeune homme de gauche à la vie personnelle très personnelle. Il défend Ronald Blistier, l'assassin, et n'a pas su expliquer pourquoi, débitant aux journalistes deux trois phrases passe-partout sur le droit de chacun à un procès loyal. Il a refusé toute interview, sur le dossier et sur lui-même. Fils d'avocats juifs, maître Mine a les cheveux longs, il est élégant, il a trente ans. Ronald Blistier, son client, a le crâne tondu, l'air brut et maladroit, portrait-robot d'un militant du Front national tel qu'on le caricature. Il n'était plus mineur à quelques mois près au moment des faits, il a aujourd'hui vingt ans. Il n'attire aucune sympathie. Maître Charles Loups, un grand nom, et son collaborateur maître Xavier Rastaing préfèrent quant à eux défendre les intérêts des parents de la victime, gratuitement. Maître Lionel Limassol est le prestigieux avocat général.

« Hadi, ton assassin ne sera pas impuni », « Hadi, ton assassin, c'est Jean-Marie » : des manifestants défilent en criant devant le Palais de justice quand débute le procès dans l'espoir qu'enfin la société s'organise, que sur un meurtrier ouvertement raciste s'abatte une condamnation exemplaire. Par sa mort, Hadi Benfartouk est devenu le symbole de tous ces jeunes, tous ces êtres pour qui la couleur de leur peau est un handicap fatal. Un slogan ironiquement xénophobe de certains manifestants est : « Le Pen en Bretagne et la Bretagne indépendante. » L'opinion veut que si le procès peut rendre ne serait-ce qu'un temps muets ceux qui se font un étendard de leurs sentiments les plus bas, nul ne pourra contester son utilité.

Dans la salle d'audience, la présidente Rontmartin rappelle les faits en menaçant de suspendre l'audience quand la désapprobation du public devient trop évidente. Mais les médias ont éduqué les antiracistes qui prennent soin de ne pas

« faire le jeu du Front national ». La sérénité des partisans du jeune Beur, leur confiance au moins feinte en la justice de leur pays sont les meilleurs moyens d'arriver à leurs fins, à savoir le verdict le plus sévère à l'encontre de Ronald Blistier et la mise en cause de son chef emblématique. Le tribunal sera aussi une tribune. Quelques soutiens de l'assassin sont présents dans la salle, profils bas. Les avocats de la partie civile ont annoncé qu'ils réclameraient la comparution de Jean-Marie Le Pen.

C'est la plus grosse affaire à laquelle est mêlé maître Pierre Mine depuis qu'il est dans le métier. Il est même au premier plan : si Jean-Marie Le Pen n'est pas appelé, la fadeur de l'assassin risque de faire de l'avocat le seul ennemi à la hauteur pour ceux qui soutiennent dans l'épreuve les parents d'Hadi Benfartouk. Le gamin avait quatorze ans quand Ronald Blistier l'a tiré comme un lapin, à la carabine, en plein Paris. Il était neuf heures du soir, Blistier et un ami collaient des affiches pour le Front national, ils se sont amusés à prendre à partie un Arabe qui passait, le garçon s'est enfui en courant, l'assassin l'a tué, comme par jeu. Les colleurs d'affiches ont mal déguerpi, des passants les ont retenus, ont appelé le Samu, la police, mais Hadi était mort sur le coup. L'émotion avait été considérable, et encore aujourd'hui, quand la présidente Rontmartin énonce ces faits, la salle manifeste. Dès son interpellation, Blistier les a reconnus et a été écroué.

Pour expliquer son geste, il dit qu'il n'aime pas les Arabes, que tout le monde se porterait mieux s'ils rentraient chez eux. Hadi Benfartouk était né en France de parents français.

Dehors, l'ambiance est moins protocolaire. Il y a aussi une certaine joie chez les manifestants, d'être tous ensemble, dans leur bon droit, en symbiose morale. Pour eux, Ronald Blistier n'est pas suffisant comme assassin, c'est combattre efficacement Le Pen que réclamer sa mise en cause officielle dans l'affaire, montrer qu'il n'est pas président d'un parti politique mais chef d'une bande de tueurs, Al Capone aussi aurait eu des électeurs. Il fait beau et frais, on est bien entre soi. Les parents d'Hadi Benfartouk ont encouragé de tels rassemblements. Pressés de questions sur l'attitude éventuelle de maître Mine, ils ont espéré que la défense ne ferait pas obstruction au plein éclaircissement de l'affaire. Pour maître Mine, c'est comme si on lui demandait de ne pas faire obstruction à la pleine condamnation de son client, l'affaire ne semblant rien receler de secret sur quoi on attendrait la lumière, même le Front national n'a jamais réclamé que la loi qui réprime l'assassinat soit amendée en fonction de la race des victimes.

— Je n'aime pas les Arabes. Ils nous prennent nos boulots. J'ai eu une enfance malheureuse, dit Ronald Blistier dès que la présidente Rontmartin lui adresse la parole, à la consternation de maître Mine tant un avocat préfère défendre cent assassins qu'un imbécile. Les Noirs ne valent pas mieux et je n'en ai jamais tué, ajoute Ronald Blistier pour montrer qu'il n'y a cependant aucun rapport entre son crime et son racisme. Oui, je suis raciste, dit-il, mais je ne vais jamais à l'étranger, si les étrangers ne venaient pas chez nous ils n'auraient jamais à souffrir de moi.

Maître Mine le fait taire, non sans mal mais Blistier a confiance en son avocat, on ne le lui a pas choisi par hasard.

— N'aggravez pas votre cas avec des propos insultants ou la cour vous poursuit en flagrant délit pour apologie du racisme, dit la présidente Rontmartin qui s'en veut immédiatement mais qui, s'étant plutôt préparée à des perturbations venant de la salle, est d'abord prise de court par de telles déclarations ; pour la magistrate non plus, un accusé imbécile n'est pas l'idéal.

Comme la loi française interdit de filmer le procès, la petite manifestation devant le Palais de justice donne du grain à moudre aux équipes de télévision. Chaîne après chaîne, tout le monde interviewe Joseph Calussin. Il a vingt et un ans, il est le frère d'un ami de classe d'Hadi Benfartouk, il est noir. C'est lui qui a créé l'association « Les Amis d'Hadi » dès qu'il a eu connaissance du meurtre. Il raconte comment les jeunes de toutes races se sont rassemblés bouleversés après l'assassinat et que rester unis a semblé le meilleur moyen de canaliser cette émotion tout en la faisant durer. Ils ne sont liés à aucun parti politique, même pas à S.O.S. Racisme qui soutient leur action, ils réclament simplement la justice pour les vivants et pour les morts : le droit pour chaque jeune de mener son existence comme il l'entend dans le respect des lois quelle que soit sa couleur de peau, et la condamnation de quiconque leur refuse ce droit par ses actes. Ils parlent des jeunes parce qu'eux-mêmes le sont mais le racisme ne leur paraît naturellement pas plus défendable quand il frappe des êtres plus âgés.

— Que pensez-vous de la stratégie de maître Pierre Mine ? demande un journaliste sans la définir.

— Chaque accusé a droit à un défenseur, dit Joseph Calussin, nous ne voulons pas d'une justice d'exception. Mais maître Mine a choisi son camp.

On ne verra plus l'avocat défiler avec les antiracistes comme il le fit naguère, ce dont on se souvient d'autant moins que c'est le procès actuel qui lui donne sa notoriété et qu'il manifesta jusqu'alors dans l'anonymat.

Maîtres Charles Loups et Xavier Rastaing s'expriment aussi devant les caméras, hors audience, chacun de son côté mais leurs souhaits à tous deux sont voisins, que justice soit faite sans quoi la France risquerait de renouer avec les périodes les plus noires de son histoire.

L'audience est décousue, ce premier jour. Défense et accusation demandent des suspensions que la présidente Rontmartin accorde volontiers, l'accusé ne cesse de faire scandale malgré lui, détériorant encore sa détestable image. Il semble ne tenir aucun compte des recommandations que maître Mine n'a pas pu ne pas lui faire. Il parle au lieu de se taire qui est ce que maître Mine a dû lui conseiller le plus fermement.

Ronald Blistier : — J'avais pris ma carabine pour s'il passait des Bougnoules ou des Négros, ç'aurait pu être eux qui soient armés les premiers, madame la présidente.

La présidente Rontmartin : — Vous voulez dire des Arabes et des Noirs ?

Ronald Blistier : — La meilleure défense, c'est l'attaque, comme disaient les Latins, madame la présidente.

Maître Mine : — *Si vis pacem, para bellum.*

La présidente : — Merci, maître. Mais Hadi Benfartouk n'était pas armé.

Ronald Blistier : — Heureusement.

La présidente : — Malheureusement pour lui. Et heureusement pour vous que vous n'avez pas choisi la thèse de la légitime défense, elle ne pourrait pas tenir une seconde de plus.

Ronald Blistier, brandissant sa carte d'identité : — Je suis chez moi, dans mon pays, je suis né à Cachan, madame la présidente, j'ai le droit de me défendre légitimement contre qui je veux.

Maître Charles Loups : — Si l'interrogatoire doit se poursuivre sur ce ton et les délits succéder au crime, mes clients, le père et la mère de la victime, demandent à ne pas y assister. Je souhaiterais moi-même les suivre hors de cette salle si y demeurer ne nous conduit qu'à devoir écouter des insanités racistes.

Ronald Blistier : — C'est ça, bon débarras.

La présidente : — Taisez-vous. Et vous, maître Mine, tâchez de faire entendre un soupçon de raison à votre client, sinon son procès se poursuivra sans lui. Audience suspendue.

De tels incidents sont légion. Un journaliste demande à maître Mine, à l'occasion d'une de ces interruptions, si, à défaut de la folie, la défense veut faire jouer la bêtise comme circonstance atténuante.

— La pire bêtise est de tuer, pire que de tenir des propos racistes. Et je ne suis pas pour minimiser l'importance des assassinats, répond l'avocat.

— Madame la présidente, remarque maître Loups, ce que nous voyons déjà de la personnalité de l'accusé nous permet de constater combien celle-ci paraît peu développée, malléable. Je demande la comparution de monsieur Jean-Marie Le Pen, président du Front national dont l'accusé s'honore d'être membre, et dont je soupçonne les discours et toute la conduite d'avoir donné libre cours aux sentiments racistes de l'accusé, le déculpabilisant et le menant par là même tout droit au drame du 19 novembre.

L'avocat général Limassol se joint à la demande, maître Mine ne s'y oppose pas, une citation à comparaître est lancée.

Le président du Front national tient une conférence de presse le premier jour du procès. Des journalistes évoquent l'affaire : quelle est son opinion sur le crime, sur le procès, s'y rendra-t-il comme témoin ?

Jean-Marie Le Pen : — S'il s'avère que Ronald Blistier a tué de sang-froid Hadi Benfartouk, qui ne le regretterait pas ? Qui ne regretterait pas que soit abattu de sang-froid sur le territoire français un jeune Maghrébin ?

Son ton est entièrement dépourvu d'émotion quand il prononce ces mots.

Et de continuer : — Cela dit, j'ai, moi, pour habitude de respecter la loi. Je sais que, ce faisant, je tranche sur les manières des autres hommes politiques de ce pays, mais c'est ainsi que je conçois la démocratie qu'on m'accuse de menacer et dont les autres font des gorges chaudes tant qu'elle les sert, tandis qu'ils sont prêts à la suspendre dès qu'elle les menace, puisqu'il serait question d'interdire le Front national, sous prétexte, sans doute, qu'il a trop d'électeurs. Moi, je ne m'immisce pas dans les affaires non jugées, et je ne dirai donc rien du procès de Ronald Blistier. Je remarque toutefois que lorsqu'un voleur est arrêté, qu'il soit militant RPR, UDF, socialiste ou communiste, personne ne vient mettre en cause messieurs Chirac, Léotard, Hue, Fabius ou Jospin qui ont pourtant, eux, vraiment donné l'exemple. On m'a accusé de beaucoup de choses, mais jamais encore d'avoir tué qui que ce soit de mes mains en temps de paix sur notre territoire, même si je dois dire que l'envie ne m'en a pas toujours manqué quand je voyais comment certains traitaient la France. Mais qui prétendra que les dirigeants de nos chers beaux partis dits démocratiques n'ont jamais mis leurs mains dans la caisse et la caisse dans leur poche ?

Ces déclarations parviennent rapidement au Palais de justice où elles provoquent une animation supplémentaire.

— C'est la boîte de Pandore, dit Joseph Calussin. Faire le procès du Front national, c'est aussi lui donner la parole sous peine d'être inéquitable et qu'il en tire des arguments supplémentaires, et plus on donne la parole à Le Pen, plus il dit d'horreurs, sinon ce ne serait pas Le Pen.

Tout le monde sent quelque chose comme ça, une sorte d'empoissement dans l'abjection, à débattre contre elle on brûlerait son propre oxygène sans la mettre en péril et, comparativement, elle en sortirait donc quand même renforcée. Que faire ? Interdire le Front national ? Certains sont pour, d'autres contre, arguant qu'on ne supprime pas par une loi le fascisme ou le racisme ou l'abjection, quel que soit le mot par lequel on définit le parti de Jean-Marie Le Pen.

Joseph Calussin : — La force de Le Pen, c'est qu'il s'amuse, et ses auditeurs le sentent, et ses détracteurs ne trouvent jamais le bon ton. Il faut lui répondre d'amusement à amusement, aussi, et c'est pourquoi je trouve une joyeuse manifestation un bon accompagnement à ce procès. Je ne crois pas faire injure à la douleur de monsieur et madame Benfartouk à qui rien, de toute façon, ne rendra Hadi, en évoquant la gaieté qu'il y a dans notre défilé, on est ensemble, heureux de vivre contre Jean-Marie Le Pen et ses sbires, Ronald Blistier en tête, même si on préférerait qu'ils n'existent pas. Si le Front national n'a pas d'alliés en France mais des complices en Allemagne et en Autriche, c'est que la nation qui, profondément, le soutient n'est pas la France mais le cercle des assassins dont la géographie n'indique pas les frontières.

Maître Loups à l'accusé, dès que l'audience a repris : — Monsieur Blistier, connaissez-vous personnellement monsieur Le Pen ?

Ronald Blistier : — Il ne m'a jamais dit : « Blistier, tuez Hadi Benfartouk entre tous les étrangers, c'est celui que je veux voir disparaître en premier. » Ça suffit de tâcher de tout lui mettre sur le dos.

Exclamations diverses, scandale, nouvelle suspension d'audience.

Et si Ronald Blistier n'était pas si bête, se demandent certains, s'il jouait à sa manière le fameux « procès de rupture » théorisé par Jacques Vergès ? L'accusé et la cour n'ont manifestement pas la même idée de la justice.

Conciliabule entre maître Mine et Ronald Blistier.

L'avocat : — Ne vous sentez pas obligé de dire tout ce que vous avez en tête.

L'accusé : — Je n'ai rien à cacher. Et les Arabes, vous croyez qu'ils nient avoir égorgé des moutons pour l'Aïd el Kébir quand ils sont poursuivis par la Société protectrice des animaux ? Il ferait beau voir que je sois moins courageux qu'eux.

Maître Mine : — Monsieur Blistier, on en a parlé cent fois. Vous êtes un âne si vous prenez les êtres humains pour des animaux. Laissez-moi agir à ma guise, sinon il est inutile que je perde mon temps à vous accompagner.

Ronald Blistier : — Ne me laissez pas seul, maître. J'ai autrement plus peur de la solitude que de la justice, la justice est dans mon camp si elle est honnête.

Reprise de l'audience. On finit par tirer quelques informations de Ronald Blistier, il fait partie du Front national de la jeunesse depuis l'âge de quatorze ans. Il a déjà été présenté à Jean-Marie Le Pen, « le président », qui lui a adressé quelques mots d'encouragement et de félicitation banals pour la justesse de son parcours politique, leur intimité ne semble pas être allée plus loin.

Sur la soirée du 19 novembre, l'accusé dit : — J'ai bien le droit de faire campagne pour qui ça me plaît. On me met en prison parce que j'ai collé des affiches pour le président Jean-Marie Le Pen, mais si c'était pour Jacques Chirac ou Lionel Jospin je serais sûrement député ou ministre.

La présidente Rontmartin : — Vous êtes poursuivi pour l'assassinat d'Hadi Benfartouk.

Ronald Blistier : — Mais je ne le connaissais même pas, madame la présidente, je l'ai déjà oublié. Je comprends que ses parents soient désolés mais vous, toute la justice, c'est une tromperie : si ce n'était pas pour le président Jean-Marie Le Pen que j'avais collé des affiches, cette histoire serait comme toutes les autres, on n'en parlerait plus.

Ce système de défense, si c'en est un, devient plus clair : Ronald Blistier s'insurge contre le procès politique qui lui serait fait. À défaut d'ébranler qui que ce soit, il décontenance ses auditeurs. On n'est pas habitué au discours explicite d'un raciste.

Maître Loups : — Madame la présidente, nous ne sommes pas là pour prendre un cours de racisme. Nous ne sommes certes pas contre la liberté d'opinion, mais la haine n'est pas une opinion comme les autres. Je demande à mon confrère, maître Mine, de mesurer les paroles de son client, ça lui fera une bonne occasion d'intervenir dans les débats.

Maître Mine : — Madame la présidente, que maître Loups ne le prenne pas comme une insulte personnelle si je lui rappelle que la France est une démocratie et que la défense n'a pas à y obéir à l'accusation. J'ajoute ne pas avoir à me désolidariser des propos de Ronald Blistier, maître Loups a mal assimilé le fonctionnement de la justice s'il estime que je suis ici en tant que complice de mon client.

Et ainsi de suite, des incidents perpétuels, des

effets de manche à l'intérieur et à l'extérieur du tribunal. Comme prévu, la première journée n'a rien apporté de décisif quand l'audience est levée.

Un peu plus tard, sur LCI, l'envoyé spécial de la chaîne parle en direct du boulevard du Palais. Une trentaine de partisans de Ronald Blistier, menaçants, se sont groupés à cinquante mètres de la manifestation des Amis d'Hadi. Il y a entre eux des CRS en tenue de combat. Pour l'instant, racistes et antiracistes se contentent de s'injurier. Ce n'est pas l'intérêt de Joseph Calussin que ça dégénère, ses manifestants sont à plus de dix contre un. « On espère que tout cela ne troublera pas la sérénité de la justice », dit le journaliste. Les avocats de la partie civile s'expriment dans le même sens, qu'il ne faudrait pas que l'accusé obtienne par la force ce qu'il ne peut obtenir par le droit.

Rentré chez lui, maître Mine entend pour la première fois un autre passage de la conférence de presse de Jean-Marie Le Pen dont la chaîne passe ensuite des extraits : « Et depuis quand ces hordes prétendument avides de justice se déchaînent-elles pour réclamer l'exemplaire condamnation d'un Maghrébin assassin d'un Français ? Car n'oublions pas que c'est quand même ainsi que les choses se passent, la plupart du temps. Est-ce à dire que tous ces Calussin ou Calisson, qui usurpent le nom d'une friandise aixoise dont ils n'ont certes pas la blancheur, estiment plus acceptable que les Français de souche soient systématiquement abattus sur le sol même de leur patrie par ceux à qui ils y ont un mauvais jour accordé refuge ? »

LCI consacre une émission spéciale à l'affaire : pour la télévision, la presse, des millions de gens, elle est la chose la plus importante du monde.

Autre extrait de Le Pen : — Je sais que maître Mine n'est pas de mon bord. Mais il a droit à tout mon respect pour avoir accepté de défendre Ronald Blistier malgré la campagne de haine menée sans discontinuité depuis le 19 novembre 1995. Voilà un démocrate.

— C'est de bonne guerre, dit le complimenté.

— Mais que diable vas-tu faire dans cette galère ? dit Mahmoud Mammoudi, son jeune ami.

Commentaire de maître Rastaing sur LCI : — La démocratie n'a pas besoin d'avocats dandys qui la mettent en péril pour la poursuite d'une carrière personnelle, même si la République n'aura aucun mal, j'en suis sûr, à rappeler ces trublions à la loi qui sera dure, mais qui sera la loi.

Maître Loups est un ami des parents de maître Mine, ce qui explique que la phrase vienne plutôt de son collaborateur.

Retour de LCI boulevard du Palais. Interview en direct d'un Ami d'Hadi : — Le Pen est un fasciste et un assassin. Si on avait interdit le Front national plus tôt, Hadi serait toujours vivant. J'espère qu'au moins le gouvernement l'interdira maintenant dans les plus brefs délais et qu'on expulsera enfin Le Pen de sa maison de milliardaire de Saint-Cloud pour le flanquer à la Santé, c'est plus sa place.

Interview en direct d'un manifestant pro-Blistier : — C'est étonnant que ça n'arrive pas plus souvent. À force d'empêcher les Français blancs de faire ce qu'ils veulent sur la terre de France, ça va finir par éclater, la révolte générale. Et il faudrait que ce soit le plus tôt possible, tant qu'on est encore les plus nombreux.

L'excité est emmené par des compères qui le trouvent imprudent de s'exprimer ainsi dans un média cosmopolite.

— Je suis un anonyme et tous les anonymes pensent comme moi, crie encore le type de loin pour que ça passe quand même à l'antenne. Si on se déchaînait comme ça chaque fois qu'un étranger tue un Français, on n'aurait pas assez des trois cent soixante-cinq jours de l'année pour manifester. Même pendant le ramadan, ils n'arrêtent pas d'assassiner, même les musulmans, en Algérie.

Joseph Calussin au micro : — Il y a chez les partisans de Ronald Blistier une atmosphère insurrectionnelle, d'insurrection raciste. La liberté d'expression a des limites, qui sont par exemple l'appel au meurtre et à la haine. Ces limites sont de toute évidence franchies. Ces manifestants qui réclament le droit à l'assassinat devraient être embarqués par la police et jugés. Je ne crois pas que c'est par respect de la liberté que le gouvernement ne l'ordonne pas. Je crois que c'est par lâcheté.

Maître Mine devant son téléviseur : — J'espère que, moi, je ne manquerai pas de cran.

Mahmoud Mammoudi : — Ce n'est pas de cran que tu manques, c'est de saloperie, de dégueulasserie pour concurrencer ces gens-là. Mais tant pis, maintenant, c'est trop tard.

Sur LCI, retour en studio pour un débat auquel maître Mine a refusé de participer. Ils éteignent la télé.

— Tu es bien silencieux, Pierrot.

— Mais si on peut faire de ce procès celui du Front national ?

— Tendre un piège à Le Pen ? Mais on tombera tous dedans.

Maître Mine, glacé : — Pourquoi dis-tu ça ?

— Pierrot, explique Mahmoud comme à un enfant, le Front national, c'est un piège permanent. Quand tu croises un type dans le métro, séropositif, sortant de prison, ayant enfants à charge et voulant rester propre, à l'affût d'une petite pièce, d'un sourire ou d'un ticket-restaurant et toujours déçu dans cette quête pourtant pas trop ambitieuse, tu vas juste lui montrer de l'intérêt avant qu'il entre dans l'isoloir de peur qu'il vote mal ? Si tant est qu'on les laisse voter, ces types sans domicile fixe, sans santé, sans propreté. Et les Algériens et les Vietnamiens et tous les étrangers qui entrent clandestinement en France, à la merci de tous, de tout, traités comme des esclaves, ils n'ont peur de personne que d'immondes salauds. Tu n'as pas le cran pour mener à la baguette des gens qui n'ont rien à perdre et le Front national est le parti de ceux qui n'ont rien à perdre et Jean-Marie Le Pen est leur chef. Tu te sens, toi, quand quelqu'un perd pied, de l'encourager à se noyer, quand les plus affreuses idées lui passent par la tête d'avoir l'imagination assez débridée pour lui en suggérer de bien pires ? Parce que Le Pen, lui, il se sent bien et ça fait des années qu'il s'exerce.

— Quel rapport dans tout ce que tu dis ? Je n'y comprends rien. Mais c'est bien de cran que je manque ?

— Tu en as, Pierrot, mais pas assez. Ou je ne sais pas comment ça s'appelle mais personne ne peut compter sur toi pour massacrer à dix contre un la veuve et l'orphelin. Eux n'hésitent pas, alors le combat est inégal, c'est tout.

— Qu'est-ce que tu crois ? Je ne suis pas irresponsable.

Il y a seulement trois mois que maître Mine et Mahmoud Mammoudi sont si proches, et ils n'ont encore guère parlé de l'affaire Blistier et tout ce à quoi elle touche, il faut la tension de l'audience pour que maître Mine ne puisse l'éviter.

— Tu espères quoi ?

— M'en tirer, admet Pierrot. J'espère que ça ne va pas péter, reprend-il en rallumant la télé.

Nouvel extrait de Le Pen : — J'apprends maintenant qu'il est question d'organiser mon procès.

Ça n'a rien de si surprenant, venant de nos antipatriotes. N'ont-ils pas déjà instruit celui de Jeanne d'Arc ? En ce qui me concerne, il me semble que le bois qui devrait servir à mon bûcher n'est pas encore planté. J'ai moi aussi quelques millions d'amis à qui il pourrait venir l'idée de me défendre avec force s'il leur apparaissait que l'injustice avec laquelle on les traite à travers moi dépassât soudain les bornes.

Maître Mine : — On lit la joie sur son visage chaque fois qu'il arrive à exprimer exactement ce qu'il voulait, il a une jouissance grammaticale à toujours retomber sur ses pieds. C'est comme une perversion sadique : dire en public le minimum de mots pour provoquer le maximum de mal. S'il parlait moins bien, s'il bafouillait, c'est toute une autre stratégie politique qu'il aurait dû choisir.

Mahmoud Mammoudi : — Moi, je ne lis rien sur son visage que l'ignominie. Pour moi, il suscite encore plus l'horreur et le dégoût que la haine. Mais basta pour aujourd'hui, non ? On a mieux à faire que parler de lui.

Avant de se coucher, ils regardent de nouveau les infos : les partisans de Ronald Blistier n'ont provoqué que quelques incidents place Saint-Michel, ça n'a pas dégénéré.

Deuxième audience, a priori destinée à éclairer la personnalité de l'accusé. Ronald Blistier s'exprime de façon si carrée pour dire des choses si infâmes qu'il semble inutile de creuser sa psychologie. Mais le retentissement de son crime lui donne un caractère exemplaire qui est une raison supplémentaire pour la justice de respecter le moindre de ses droits.

— Je ne regrette pas mon geste, dit l'accusé. Je regrette d'être en prison, je regrette que les lois soient si mal faites, mais on les changera quand Jean-Marie Le Pen sera président de la République. Et qu'est-ce que vous en savez, de mon geste ? De quoi vous vous mêlez, vous tous, sauf votre respect, madame la présidente ?

De toutes les instructions que lui a données maître Mine, on dirait qu'il n'a retenu que celle d'être poli avec madame Rontmartin.

Les parents Blistier sont interrogés. D'abord le père, qui dit sa fierté que son fils ait eu le courage de ses opinions et se soit inscrit au Front national alors que tellement de jeunes et de moins jeunes qui pensent pareil n'osent pas à cause de la pression des médias. Il dit que c'est un bon fils, toujours prêt à rendre service, à qui ses convictions ont fait tellement de tort au lycée qu'il a arrêté ses études, des Maghrébins et autres Africains ne cessaient de le prendre à partie. « Il n'y a pas de mal à boire de la bière », répond-il quand on lui demande si lui-même ou son fils a des problèmes avec l'alcool.

La mère dit ensuite que son fils est un excellent fils mais qu'il n'a jamais pu s'empêcher de se vanter, comme tous les hommes, tous les jeunes. Elle ne serait pas étonnée que ce ne soit pas du tout lui qui ait tiré sur le petit Algérien (« Un jeune Français, madame », l'interrompent d'une seule voix maître Loups, l'avocat général Limassol et la présidente Rontmartin) mais qu'il ne veuille pas en démordre par orgueil.

Madame Blistier : — Il aurait pu avoir l'idée mais il n'a jamais si bien tiré, mon mari n'aimait pas que Ronald se serve de sa carabine. Mais peut-être que le gamin était humilié de ne jamais avoir bastonné personne alors que tous ses camarades du Front assuraient faire le ménage chaque semaine dans les cités. Ça se saurait si c'était vrai alors qu'on ne voit pas de changement. Ronald a toujours été un peu naïf, peut-être qu'il les a crus et que, aujourd'hui, pour ne pas avoir l'air lâche, il dit que c'est lui qui a tué le petit Algérien (nouvelle interruption de maître Loups : « Un jeune Français, madame, mais ça ne changerait rien si Hadi Benfartouk avait été algérien ») alors que si ça se trouve il a tiré un bon mètre à côté ou même pas tiré du tout.

Maître Loups : — Mais il a avoué et les camarades d'Hadi l'ont vu, madame.

Madame Blistier : — Avoué, c'est ce qu'il prétend, madame la présidente. Combien de fois il m'a dit qu'il avait fait la police dans l'immeuble et personne n'avait déménagé. Et comment des petits Algériens ont pu le voir presser sur la détente à cette distance ?

Maître Mine : — Madame la présidente, il y a généralement, dans les procès, un consensus autour de l'idée de justice auquel participent la défense et l'accusation. Ici, l'accusé, comme sa famille, semble accepter les faits, ou une partie d'entre eux, sans rien y voir de répréhensible. Comment juger un adolescent élevé dans le respect de valeurs qui sont celles contre lesquelles s'élève la démocratie ? Aussi abominables que soient les faits dont il est accusé, n'est-ce pas pour lui une circonstance atténuante qu'on lui ait appris à les commettre comme autant d'actes dignes d'éloges ? On a beaucoup dit, à l'intérieur et en dehors de cette enceinte, que ce procès devait surtout être celui de Jean-Marie Le Pen. J'estime en effet qu'une famille comme la famille Blistier telle qu'elle nous apparaît aujourd'hui n'aurait su exister sans les discours et l'idéologie haineuse du Front national. J'estime, madame la présidente, que tout procès n'a pas seulement une vertu punitive mais éducative et que celui-ci ne pourrait y prétendre si monsieur Le Pen n'y était au moins entendu comme témoin. Il faut faire le procès du racisme si l'on veut faire celui des racistes.

Retour à sa demande de monsieur Blistier père à la barre.

— On veut nous faire honte, madame la présidente. Il faut adhérer au Front national à titre confidentiel, on reçoit *National Hebdo* sous pli fermé, ce n'est pas très joli, tout ça, en démocratie. Tout le monde a le droit d'insulter Jean-

Marie Le Pen et ses partisans dans les médias, mais si jamais on se rebiffe, haro sur nous et notre fils unique. Si jamais on dit un mot contre des étrangers, en prison. Nous, nous ne voulons pas d'une justice élitiste, ce n'est pas celle de la France ni de la République.

La présidente : — Monsieur, encore une fois il ne s'agit pas d'une insulte mais d'un assassinat.

— Mais pourquoi les Français se défendent-ils contre les étrangers ? Parce qu'ils sont envahis, qu'ils sont insultés par cette invasion, madame la présidente.

Maître Loups : — Je renouvelle ma demande d'hier, madame la présidente. Si tels doivent être les débats, je préfère ne pas y assister, ni moi ni mes clients et mon collègue. Les propos du témoin me semblent passibles de poursuites en flagrant délit.

Blistier père : — Ce n'était pas la peine d'organiser un procès si ni mon fils ni moi ne pouvons y prendre la parole, si l'accusé et les témoins sont condamnés d'office. « Les Français en prison », si c'est le nouveau slogan de la justice, profitez-en, madame la présidente, messieurs les avocats, parce que la révolution nationale viendra plus vite et vous n'en sortirez pas indemnes.

Maître Mine : — Merci, monsieur Blistier. Taisez-vous, maintenant, s'il vous plaît. Madame la présidente, quand on voit de quels excès est capable le père de l'accusé, on ne peut s'empêcher, je le répète, d'y découvrir une circonstance atténuante pour mon client, presque encore mineur au moment des faits et partageant alors l'appartement et les conversations de ses parents.

Vu l'impact médiatique du procès, la présidente Rontmartin craint d'engager des poursuites immédiates contre les propos juridiquement répréhensibles du témoin, de peur de transformer l'accusé ou sa famille en victimes.

La présidente : — Vous avez entendu ce qu'a dit votre mère. Vous avez avoué dix fois. Prétendre que c'est par un curieux orgueil que, au mépris des faits, vous diriez avoir abattu Hadi Benfartouk est-il votre nouveau système de défense ?

Ronald Blistier : — Je ne sais pas, madame la présidente.

— Comment, vous ne savez pas ?

— Je n'ai pas bien compris la question, madame la présidente. C'est maître Mine qui s'occupe de tout ce qui concerne ma défense.

Maître Mine : — Madame la présidente, je suis tout à fait d'accord avec mes collègues de la partie civile quant au caractère insupportable de beaucoup de ce qui a été dit à la barre. Mes collègues croient bon de s'en servir pour tenter d'accabler l'accusé. Encore une fois, cette arme est à double tranchant. Qui aurait résisté dans un pareil environnement ? Il ne s'agit pas, aujourd'hui, de défendre ou d'accuser Ronald Blistier d'être devenu raciste, il s'agit de le comprendre. Et je crois que ce processus devient assez clair.

Ronald Blistier : — En plus, j'avais bien d'autres raisons, même en dehors de la maison. Tout ce qu'on voit à la télévision et tous les jours, la violence partout, les étrangers au chômage ou qui nous prennent le travail et qui rackettent et trafiquent la drogue, j'avais bien le droit de me défendre ou il n'y a qu'eux qui sont autorisés à être racistes parce que, contre les Français, c'est moins grave ?

Comme la veille, la salle est parcourue de mouvements, discrets mais fermes.

La présidente : — Ça suffit. La violence, vous ne l'avez pas subie, c'est vous qui l'infligez aux autres et c'est pourquoi vous êtes ici.

Ronald Blistier : — Alors, je suis condamné à encore combien de prison ?

La présidente : — Pour l'instant, vous n'êtes condamné à rien. Vous êtes accusé et la justice suit son cours.

Ronald Blistier : — Alors pourquoi vous me dites que ça suffit, madame la présidente ? J'ai encore le droit de parler ou plus ?

La présidente : — Bien sûr que vous avez le droit, mais pas pour dire n'importe quoi, pas pour commettre de nouveaux délits en vous exprimant, ne vous faites pas plus bête que vous n'êtes.

Ronald Blistier : — J'ai le droit de dire quoi, madame la présidente ?

La présidente : — Consultez votre avocat.

Ronald Blistier : — Parce que j'aimerais pouvoir dire la vérité.

Maître Mine : — Madame la présidente, si l'accusé était japonais, vous ne vous étonneriez pas à chaque phrase qu'il parle japonais. Il se trouve, je le déplore autant que vous, que l'accusé paraît raciste et il n'y a pas d'interprète pour de tels propos. On ne peut pas se contenter de s'indigner de ses déclarations à chaque fois qu'il s'exprime comme toute forme de procès. On aurait en fait besoin d'un interprète, un psychanalyste ? pour traduire tout ce qu'il dit en langage normal. Ronald Blistier n'est cependant pas poursuivi pour des phrases mais pour un acte.

La présidente : — Je connais les faits, maître, ils sont suffisamment graves pour que vous n'ayez pas à prendre la peine de me les rappeler. Je comprends ce que vous dites et ne peux cependant tolérer l'expression des sentiments intolérables de l'accusé.

Quelques applaudissements, quelques cris, la présidente menace de poursuivre l'audience à huis clos, ce qui gâcherait le caractère exemplaire du procès, suspension de séance.

Reprise. Ronald Blistier, après avoir écouté diverses questions de caractère personnel sans dire un mot, y répond soudain d'un bloc.

Question déclencheuse de la présidente Rontmartin : — Ne sentez-vous pas une frustration à avoir autant de difficultés dans les études qu'à lier des contacts avec des garçons et encore plus des filles de votre âge ?

— Exactement, madame la présidente, vous avez fait mouche. C'est ça, j'ai l'impression, tout le monde a le droit d'être frustré sauf moi. Moi, il faudrait que je renferme tout en moi-même et que rien ne sorte jamais et que je ne crie contre personne et que je n'aie jamais envie de tuer personne. Ça n'existe pas. Avec mes études ratées et pas d'amis, ça ne s'annonçait pas bien, ma vie, même si ce n'était pas une raison pour me mettre en prison. N'importe qui, dans ma situation, cherche un bouc émissaire. Mais ceux qui le trouvent à tout mettre sur le dos du Front national, personne ne va leur tirer les poux. Je suis frustré parce que si le président Le Pen était président de la République, peut-être j'aurais la Légion d'honneur pour la même chose que vous me reprochez, madame la présidente, peut-être ce serait vous-même qui me décoreriez au lieu de m'envoyer en prison. « Vérité au-delà des Pyrénées, erreur en deçà », a dit Blaise Pascal, un philosophe que personne n'accuse d'être raciste, et vous voyez que mes études n'étaient pas si mauvaises si les antiracistes, comme on appelle maintenant les Beurs, les Blacks et leurs amis, ne m'avaient pas empêché de continuer, à coups de pied et de me cracher dessus.

Indignation de maîtres Loups et Rastaing, de l'avocat général, de la présidente et de la majeure partie du public.

Maître Loups : — Que l'accusé arrête de pratiquer, dans le plus grand illogisme, l'amalgame permanent. Que son avocat soit assez respectueux de la loi pour le faire taire s'il ne cesse de l'enfreindre, madame la présidente.

Maître Mine : — Ce serait déshonorer notre profession, maître Loups, qu'employer l'autorité qu'elle me confère à réduire au silence mon propre client.

La présidente : — Vous réclamez-vous, à l'instant même, d'une quelconque autorité sur votre client ? Je n'ose imaginer, maître, que vous lui avez suggéré dans la moindre mesure les propos qu'il s'obstine à tenir.

Tendre un piège à Jean-Marie Le Pen à l'occasion de l'affaire Blistier n'est pas seulement l'idée de maître Mine, c'est aussi et surtout celle des avocats de la partie civile, sans doute celle de madame Rontmartin, et en tout cas d'une part considérable de la société française. Il ne s'agit pas d'un piège mais de profiter de la situation, de l'émotion créée par la mort d'Hadi Benfartouk pour montrer en grandeur réelle, en gros plan, ce qu'est la « politique » du Front national, ce que sont ses méfaits, une politique de gangsters et d'assassins. « Tendre un piège à Le Pen ? Mais on tombera tous dedans », a répondu hier soir Mahmoud Mammoudi à son ami Pierrot. Pourquoi cependant avoir fait tant de bruit autour de cette affaire si c'est pour bâillonner en définitive Blistier ? Et est-ce le combattre que le laisser poursuivre son prosélytisme au tribunal ?

Maître Mine : — Madame la présidente, la justice n'a rien à gagner à faire de la honte sa seule arme. À tâcher d'écraser le Front national sous l'opprobre, on risque de se trouver fort dépourvus quand ses militants s'avanceront démasqués, fiers d'eux-mêmes, de leurs actes et de leur résistance à l'opinion des autres. On ne court pas de danger à laisser Ronald Blistier s'exprimer au sein de ce tribunal.

Maître Loups : — Le malheureux Hadi Benfartouk n'est plus là pour nous dire le danger qu'il y a à laisser votre client « s'exprimer », comme vous dites, en dehors du tribunal, maître Mine.

Maître Mine : — Si vous considérez Ronald Blistier comme un animal sauvage qu'il faut abattre sans y regarder plus loin, je m'étonne que vous acceptiez de participer à ce qui devient un simulacre de procès. Mais peut-être est-ce là ce qu'on appelle une affaire exemplaire, une affaire dont le coupable est désigné à l'avance de telle sorte que les choses soient claires, qu'on puisse la qualifier d'exemplaire sans risquer de voir ensuite la procédure se dérouler autrement que souhaité, l'accusé innocenté, pourquoi pas ? Mais ce n'est pas toujours le bon exemple qu'on donne ainsi.

Maître Loups : — Serait-ce soudain un combat moral que vous mèneriez en défendant les thèses mêmes de Jean-Marie Le Pen, maître Mine ? Défendriez-vous l'assassinat d'Hadi Benfartouk au nom de la liberté d'expression ? Ne pouvant vous soupçonner de semblable ignominie, je préfère croire que vous tombez malgré vous dans le piège que le Front national tend à tous ceux qui soutiennent le moindre de ses membres ou de ses opinions, dans la toile qu'il tisse ainsi insidieusement dans toute la société française.

Tout ce qui est dit à l'intérieur arrive rapidement devant le Palais de justice où sont toujours présents Joseph Calussin et ses manifestants. Le jeune homme a changé d'avis : — Faire le procès du Front national, ça ne serait efficace que s'il était complice, que s'il acceptait nos règles, mais, s'il les acceptait, ce ne serait pas le Front national.

— Vous-même, lui dit le journaliste, vous étiez partisan de faire du procès Blistier le procès de Jean-Marie Le Pen.

— Je me suis trompé. Ça n'aurait de sens qu'à armes inégales, si Le Pen venait soudain docilement se faire condamner par nous. Pourquoi ferait-il ça ? Il se défendra bec et ongles, il nous attaquera là où ça nous fera le plus mal possible, c'est ce qu'il affectionne.

— Que pensez-vous de la stratégie de maître Pierre Mine ? insiste le journaliste.

— Je crois qu'il faut lui pardonner, dit Joseph Calussin.

À l'intérieur. La présidente Rontmartin : — Je comprends et respecte vos scrupules, maître Mine. Mais il ne s'agit pas ici de défendre le Front national contre une éventuelle interdiction, nous sommes réunis pour éclaircir la mort d'Hadi Benfartouk et déterminer quelle sanction mérite son responsable.

Maître Mine : — Mais on ne peut pas comprendre l'affaire si on ne comprend pas le racisme de l'accusé, madame la présidente.

Maître Loups : — Est-ce à dire, maître, que vous estimez le racisme, que vous revendiquez, de votre client comme une circonstance atténuante ?

Contrairement à la veille, Mahmoud Mammoudi est présent dans la salle, aujourd'hui. D'exaspération, il laisse échapper pour son voisin qu'il ne connaît pas : — Mais c'était Le Pen, leur cible de départ. S'il s'agit juste de condamner Blistier, ce n'était pas la peine de nous faire tout ce cirque.

Coup de théâtre. Une rumeur veut soudain que Jean-Marie Le Pen, « de ma propre volonté puisque rien n'aurait pu m'y contraindre, dans le seul souci de mieux éclairer la justice », ait accepté de venir témoigner à l'audience.

Satisfaction générale. Mais la joie des lepénistes gêne rapidement leurs adversaires qui s'indignent de ce que le président du Front national soit juste entendu comme témoin, que quoi qu'il arrive il repartira libre. La justice tirera-t-elle pour lui les marrons du feu ? Brouhaha. Suspension de séance.

Pendant cette interruption, Mahmoud Mammoudi part à la recherche de maître Mine.

— Alors ? dit l'avocat.

— Excuse-moi si ce n'est pas le moment mais il y a un truc que je ne t'ai jamais demandé, de peur de t'agacer mais tant pis pour l'agacement, au point où ça en est, dit le jeune homme : pourquoi défends-tu ce salaud ?

— Je me suis retrouvé l'avocat de ce salaud, comme tu dis, voilà. Je n'avais pas fait des études de droit pour ça mais pas davantage pour démissionner du barreau à vingt-neuf ans. J'imagine qu'aucun musicien ne fait non plus le conservatoire pour se retrouver à la télé dans une émission nulle à accompagner un chanteur nul.

— Pierrot, j'aimerais savoir la vérité, j'espère, un jour. Tu es content pour Le Pen ?

— Je ne sais plus. S'il vient, c'est qu'il a quelque chose à y gagner. On découvrira quoi dès qu'il sera trop tard.

Reprise. Ronald Blistier de nouveau assailli de questions, assommé, la plupart ouvertement agressives, jusqu'à ce qu'il se rebelle à sa manière, tonnant : — Vous vous en fichez, vous tous (et, après avoir désigné maîtres Loups et Rastaing, l'avocat général et la présidente, il englobe maître Mine, son propre défenseur, et tout le public dans cette invective), de ma personnalité, comme vous dites. Vous ne cherchez que des arguments.

Blistier toujours, d'une voix plus calme après le silence qu'il a provoqué par son intervention précédente : — Et cessez de me parler des Négros et des Bougnoules avec des sanglots dans la voix, comme vous partagez leur douleur, laissez-moi rire, taisez-vous. Vous êtes tous plus blancs que moi, avec votre travail, votre femme et votre argent, je suis sûr, taisez-vous. Taisez-vous à me parler de victime, le pauvre petit Hadi et tous ses amis, c'est personne d'autre que moi qui est en prison depuis deux ans sans jugement pendant que vous passez à la télévision sur mon dos. Condamnez-moi ou libérez-moi mais taisez-vous, une bonne fois, un peu de décence.

Rompant le silence surpris (personne ne s'attendait à ce que ce soit Ronald Blistier qui réclame soudain de la décence dans les débats), bruyants applaudissements d'une trentaine de lepénistes infiltrés dans la salle. Nouvelle interruption, expulsion des perturbateurs. La police est présente en nombre et les militants frontistes se laissent faire sans résister. Ils protestent contre « cette atteinte à la liberté d'expression » pour que les journalistes l'enregistrent puis sont traînés dehors sans incident supplémentaire.

Mahmoud Mammoudi trouve le moyen de s'approcher de nouveau de son ami : — Il a une sacrée personnalité, Ronald Blistier, pour quelqu'un de si influençable.

Maître Mine : — Qu'est-ce que tu veux dire ?

— Tout le monde prétend qu'il ne fait que répéter ce qu'a dit Le Pen en proférant toutes les conneries et les saloperies qu'il profère, mais depuis deux ans qu'il est en prison à n'écouter que des discours tellement mieux-pensants, il aurait pu changer d'avis. Tu parles, pas d'un iota. On dirait un terroriste, plutôt, un militant d'une cause absurde au caractère bien trempé et que tout confirme dans son système totalitaire.

— Il reçoit des visites, en prison, des livres, des journaux, le FN l'a bien en main. Mais tu as raison, peut-être même qu'il n'avait pas besoin d'avocat.

— Avocat, ce n'est pas son truc, Pierrot. Il est procureur. Qui le mettra en prison si tous les autres y sont ? Fais gaffe.

C'est le premier avertissement aussi net que perçoit maître Mine, qu'il ne risque pas seulement dans cette affaire sa réputation ou sa carrière mais toute la conduite de sa vie.

Reprise. Maître Mine : — Je proteste contre cette manière de couper perpétuellement les débats.

La présidente : — Prenez-vous-en aux amis de votre client dont les manifestations malvenues perturbent la bonne tenue de l'audience.

Ronald Blistier : — Mais c'est vous et les autres avocats qui perturbez la bonne tenue des débats, madame la présidente, on ne me répond jamais.

La présidente : — Vous n'êtes pas ici comme un inspecteur ayant à juger de la qualité des réponses qu'on vous fait ou ne vous fait pas ni de celle de l'audience. Vous êtes accusé d'assassinat, vous avez avoué et vous êtes en détention préventive.

Ronald Blistier : — Je n'ai jamais avoué d'assassinat, madame la présidente.

Blistier père, de la salle : — Au pire, il a dit qu'il a pu provoquer la mort d'un Algérien, il n'a jamais parlé d'un meurtre.

Il est expulsé.

La présidente : — Mais taisez-vous, tous. Ça devient *Helzapoppin*, cette audience. Parlez quand on vous adresse la parole.

Ronald Blistier : — Pardon de vous le dire, madame la présidente, mais ce procès c'est une machine de guerre, et encore plus contre le président Le Pen que contre moi. Vous me croiriez sur parole immédiatement si je vous disais que moi j'ai juste visé mais que c'est lui qui a appuyé sur la détente, s'il avait été là incognito, le président, je serais libéré dans l'heure.

La présidente : — Ne profitez pas d'être poursuivi pour meurtre pour accumuler les délits. Taisez-vous.

— Le Front national est le parti de ceux qui croient qu'ils n'ont rien à perdre, dit maître Mine, amendant les propos que lui a tenus Mahmoud Mammoudi hier soir. Rien d'étonnant, madame la présidente, à ce qu'on soit décontenancé face à un adversaire qui joue le banco en permanence.

La présidente : — Je crains que vous ne fassiez une erreur d'analyse si vous me jugez le moins du monde décontenancée, maître.

Maître Loups : — Maître Mine pourrait-il nous expliquer en quoi les membres du Front national jouent-ils franco, comme il le prétend ? Jean-Marie Le Pen détiendrait-il la vérité incontestée et la franchise serait-elle son mode d'expression exclusif ?

Maître Mine : — J'ai dit « banco », pas « franco », écoutez.

Maître Loups : — Je vous en prie. Articulez.

Ronald Blistier : — Moi, je joue banco, franco. Qui est prêt à se battre avec moi, avec mes armes ?

La présidente : — Monsieur Blistier, ce n'est ici ni un ring ni un meeting. Taisez-vous.

Maître Loups : — Parlons-en, des armes de monsieur Blistier, de sa carabine ou celle de son père. Et parlons d'Hadi Benfartouk, le grand oublié des débats d'aujourd'hui. Faut-il le tuer une deuxième fois pour se consacrer exclusivement à monsieur Blistier dont l'étude du caractère ne me paraît pas apporter quoi que ce soit de nouveau ni de passionnant ?

Murmure d'approbation de la salle.

Nouveau témoin : Jean-Michel Portiens, le proviseur du dernier lycée de Ronald Blistier. C'est un homme d'une cinquantaine d'années, un parfait fonctionnaire, cheveux blancs et rares, lunettes.

Maître Loups : — Monsieur, pourriez-vous nous dire dans quelle circonstance Ronald Blistier a abandonné ses études, s'il vous plaît ?

Le témoin : — Ce sont plutôt ses études qui l'ont abandonné, soit dit sans rire. Ce n'était pas un monde pour lui, il n'était bon qu'en sport, il préférait se battre et discutailler depuis toujours.

Maître Loups : — Ça suffit pour moi.

Maître Mine : — Combien de temps a-t-il passé dans votre lycée ?

Le témoin : — Un peu plus d'un an. Il n'est jamais venu scrupuleusement tous les jours, mais dès qu'il a été emprisonné il en a profité pour ne plus venir du tout.

Il n'y a pas qu'au lycée que Jean-Michel Portiens aime amuser la salle.

Maître Mine : — Vous avez eu Ronald Blistier comme élève ?

Le témoin : — Je n'enseigne plus.

Maître Mine : — Vous le connaissiez bien ? Vous avez souvent eu affaire à lui ?

— Non, pas vraiment. Mais j'ai lu son dossier. Tout est très clair.

Maître Mine : — Qu'est-ce qui est clair ?

— Que Ronald Blistier n'est certes pas un élève recommandable, que d'ailleurs il est en prison pour meurtre, et meurtre raciste en plus, heureusement que tous les élèves ne sont pas comme lui.

Maître Mine : — Je constate que la médiatisation de l'affaire rattrape rétrospectivement l'accusé, on ne peut rien vraiment savoir de lui qui ne soit contaminé par la soirée du 19 novembre.

Jean-Michel Portiens : — Une chose est sûre : Ronald Blistier ne sera jamais agrégé.

Maître Loups : — À moins, comme il le prévoit, que Jean-Marie Le Pen ne devienne président de la République et ne réorganise le concours.

Maître Mine : — Je demande à madame la présidente de faire observer à l'accusation que mon client est poursuivi pour assassinat, pas pour cancrerie.

Les échanges ne correspondent pas toujours à ce que l'opinion publique est censée attendre d'un tel procès, d'autant que Ronald Blistier semble vexé du consensus opéré autour de ses faibles qualités scolaires.

— Si j'avais été meilleur élève, vous n'oseriez pas vous moquer de moi, dit-il. Je veux dire : si je parlais très bien, vous ne me prendriez pas à partie avec des mots.

Silence.

Ronald Blistier : — Je veux dire : si vous êtes si malin, il y a un volontaire pour un duel avec moi à la carabine ? Monsieur Portiens, peut-être ?

La présidente : — Je vous prie de ne menacer ni les témoins ni la cour.

Jean-Michel Portiens : — Parce que vous abattez les Blancs, aussi ?

Ronald Blistier : — Ça dérangerait vos plans, hein ? Vous ne pourriez plus rien prouver si je vous tirais à bout portant, à cinquante centimètres, je serais innocent de racisme à tuer les Blancs en pleine connaissance de cause, mais pas n'importe lesquels.

Maître Mine : — J'ai renoncé à empêcher mon client de s'exprimer. Je constate simplement que les paroles de Ronald Blistier ont un pouvoir de répulsion sur la salle. Elles dévoilent vraiment son monde. Le juger nauséabond ne met pas en cause son existence. On n'argumente pas avec les faits et cet état d'esprit, ce mode de pensée sont la vérité de Ronald Blistier.

Jean-Michel Portiens : — J'ai une petite anecdote à propos de lui. Quand on a fait faire une analyse graphologique aux élèves, pour lui ça n'a pas marché, parce qu'il y avait tellement de fautes d'orthographe dans la copie qu'il a remise que le premier réflexe du professeur qui surveillait a été de la corriger, et ensuite on ne pouvait plus retrouver son écriture, il y avait des corrections partout.

Le tribunal en a fini avec ce témoin.

Joseph Calussin, dehors, à une radio : — On ne peut pas discuter avec les racistes. Ils ne sont pas racistes par réflexion, juste par conviction. Ils n'essaient pas de nous convaincre non plus, ils veulent juste nous casser la gueule. Il faudrait aussi relever le défi, quelquefois. Je ne sais pas pourquoi ils estiment que s'il y a de la baston ils sont sûrs de gagner. Il va bien falloir y aller, un jour, plus tôt qu'ils ne croient.

Le journaliste : — Peut-être estiment-ils que la démocratie n'aura pas remporté une grande victoire si c'est par la force qu'elle soumet son opposition.

Joseph Calussin : — Ça m'étonnerait qu'ils pensent si loin.

Tout le monde est agacé par la tournure du procès.

Joseph Calussin : — C'est ça qui est insupportable. Ils n'arrêtent pas de profiter de la démocratie, un pour tuer les gens, deux pour se défendre après. Moi, j'ai connu Hadi Benfartouk, et ça me dégoûte de le savoir mort et que son assassin se pavane à prétendre qu'il a fait ce qu'il devait faire.

À l'intérieur, l'audience est levée. Il était temps. Par sa conduite et ses déclarations, l'accusé provoque soit la répugnance pure et simple, soit un début de compréhension horrifiée, un malaise.

Comme tous les jeudis soir, maître Mine dîne chez ses parents. Pour la première fois, il y emmène Mahmoud Mammoudi. Insoupçonnables du moindre racisme, les parents Mine n'ont cependant pas l'habitude de recevoir un jeune Beur à leur table. Les deux parties sont un peu inquiètes de cette rencontre, Mahmoud n'était pas chaud mais Pierre a insisté, il était encore moins chaud pour y aller tout seul et ç'aurait été priver ses parents d'un trop grand plaisir que de se décommander en pleine affaire. Pour maître Mine, ce ne sera pas l'occasion de se changer les idées, ses parents lui parleront de Ronald Blistier et Jean-Marie Le Pen, et peut-être des tactiques nouvelles lui viendront-elles à la lumière d'éclairages originaux, ils sont des avocats réputés. Maîtres Mine père et mère regrettent aussi la situation mais, si Pierre préfère venir avec un ami, ce n'est pas le jour où aller contre ses souhaits. Tout le monde compte sur Jean-Marie Le Pen pour une conversation fondée sur une consensuelle opposition sans faille.

Après dîner, maître Mine père propose un bridge impossible à refuser quoique Mahmoud n'en connaisse les règles que depuis sa rencontre avec Pierre. Pour la première partie, les parents forment une paire et les deux amis l'autre. Les jeunes gens sont écrasés à la satisfaction générale. Il faut alors changer les équipes pour la deuxième partie. Le fils et la mère en constituent une, maître Mine père et Mahmoud Mammoudi l'autre.

— C'est un jeu répandu en Algérie ? demande son partenaire quand Mahmoud vient de chuter trois sans atout qui étaient sur la table.

Pierre : — Il ne connaissait rien au bridge il y a un mois.

Mahmoud : — En plus, je n'y ai jamais été, comme je vous ai dit tout à l'heure.

Le père : — C'est vrai que vous êtes né en France.

Mahmoud : — Comme Hadi Benfartouk.

La mère : — Oh, le pauvre. Ça vous choque que Pierre défende cet assassin, mais c'est aussi une certaine idée de la justice, de l'institution, je veux dire.

Pierre : — Maman, Mahmoud est en troisième année de droit, comme il t'a dit tout à l'heure. Ses parents sont d'origine tunisienne, en outre.

Le père : — C'est vrai que nous sommes distraits, mais pas plus que vous quand vous avez relancé de l'as de carreau du mort au lieu de rejouer cœur, Mahmoud. Je contre.

Mahmoud : — Il paraît que Le Pen est un excellent joueur de bridge.

Pierre : — Il dit ça pour vous taquiner.

Le père : — Ça ne m'étonnerait pas, c'est un stratège hors pair.

La mère : — Mon mari parle de Jean-Marie Le Pen.

Mahmoud : — Malheureusement.

La mère : — Pourquoi ? Vous n'arrivez pas à bien vous débrouiller, avec Pierre ?

— C'est moi qui ne suis pas un très bon stratège, dit Pierre en ramassant la dernière levée qui lui donne les quatre piques demandés. Que diable allais-je faire dans cette galère ?

— Le dîner ne t'a pas plu ?

— Maman, je parlais du procès. Mais je suis content de m'en occuper, aussi.

Le père : — Bien sûr. Si tu veux, ta carrière est faite.

— J'aimerais avoir un éventail de choix plus large pour mes clients, papa.

La mère : — Oui, ne te spécialise pas dans les ordures. Vous n'avez aucun contentieux, Mahmoud, que Pierre puisse plaider pour vous ?

— Désolé, madame, tout va bien.

Le père : — Il est plaisantin, ton ami.

— Oui, monsieur, on est comme ça, chez nous.

Le père : — Chez nous aussi. Vous savez que l'arrière-grand-père de Pierre s'est appelé un temps Minkovsky. Même chez les Juifs, l'humour des ashkénazes est spécialement réputé.

Mahmoud : — Je ne savais pas que Pierre était juif.

La mère : — J'espère que ça ne change rien pour vous. En ce qui nous concerne, vos origines ne nous posent aucun problème.

Pierre : — Qu'est-ce qui vous concerne ? Arrête, maman. Bien sûr que Mahmoud savait que j'étais juif. Ça se voit.

Le père : — On joue ou on parle ?

Mahmoud : — On ne parle pas vraiment, monsieur, on plaisante.

Pierre : — Et les Arabes, c'est comme les chambres à gaz : on ne plaisante pas avec.

Mahmoud faisant le mort, maître Mine père égalise brillamment à une manche partout, avec quatre piques lui aussi.

— Voilà qui va mieux, dit-il.

La mère : — Mahmoud, vous le connaissiez, Hadi Benfartouk ?

— Non, madame.

— Mais quelle horrible histoire quand même. Et si tu plaidais tout simplement la méchanceté, Pierre ?

Le père : — Avec mon épouse, au long de nos carrières respectives aux assises, nous en sommes en effet arrivés à cette conclusion que ce serait le plus simple, plaider la méchanceté, la malveillance, je ne sais pas, la volonté de faire du mal, que ces notions entrent dans le code pénal comme circonstances atténuantes plutôt que d'en laisser l'usage exclusif à l'accusation. Chez les gens qui font le mal, la volonté de le faire est souvent très présente, ils ont beau jeu ensuite de prétendre que ce n'est pas leur faute si la société ne respecte pas ce sentiment.

Mahmoud : — Pareil, moi j'ai un ami à la fac, et je vous jure qu'il n'est pas antisémite, qui voudrait qu'il n'y ait pas une loi ad hominem contre Le Pen pour les blagues pas drôles, qu'on puisse poursuivre n'importe qui dont les plaisanteries ne font pas rire. La vérité est qu'il voudrait voir Popeck en prison, il n'est pas sensible à cet humour que moi j'aime bien, quelquefois.

Le père : — Honneur sur honneur, Mahmoud. Pourquoi n'avez-vous pas mis votre dame de cœur sur le valet ?

— Monsieur, je vous jure que j'ai hésité.

Sa mère et Pierre réussissent leur contrat qu'ils n'auraient jamais dû.

— Pierre, je te promets que j'aimerais mieux voir Le Pen en prison plutôt que ce gamin.

— Mais moi aussi, papa.

La mère : — Les deux, ce serait le mieux.

Le père : — Il ne faut pas non plus que la réputation professionnelle de Pierre pâtisse d'une condamnation excessive de Blistier, que personne ne veuille plus de lui.

Pierre : — Le client est roi.

Mahmoud : — Ce serait à partir de combien d'heures de prison, une condamnation excessive de Ronald Blistier, monsieur ?

Le père : — Je comprends votre émotion à tous deux. Mais c'est vrai qu'à mon âge on voit sans doute les choses avec plus de sérénité. Ce ne serait pas faire avancer la cause des Arabes qu'une condamnation spécifique s'abatte sur leurs agresseurs. Et ça ne servirait à rien que Pierre gâche sa future carrière, qui s'annonce si prometteuse, pour respecter un scrupule moral que personne ne comprendrait et qui aurait peut-être pu s'exercer plus tôt.

— Quelle cause, monsieur ? Et Ronald Blistier n'est pas un agresseur mais un assassin.

— C'est mon côté juif, papa : je trouve plus sain quand l'opinion publique est ouvertement contre moi, c'est plus honnête.

Le père, coupant : — Pourquoi joues-tu si mal ? Enfin, tant mieux pour moi.

Trois secondes de silence.

Le père : — Tant mieux pour nous, Mahmoud. Ces trois trèfles sont à l'eau.

— Super, monsieur.

La mère : — J'espère que tu as une stratégie plus élaborée, pour ton affaire. Cela dit, je leur ai trouvé des sales têtes, à tes jurés, je ne serais pas étonnée qu'ils acquittent ton ami sans que tu aies trop de mal à te donner.

— Ce n'est pas mon ami.

Mahmoud : — C'est moi, son ami. Suis-je acquitté ?

Plus tard, seul avec Pierre, il prétendra avoir dit : « Suis-je à quitter ? »

Le père : — Ce n'est pas ainsi qu'on bat les cartes. On les abîme moins ainsi.

Il montre à Mahmoud.

La mère : — Je ne demanderais pas mieux qu'on mette le racisme en prison. Malheureusement, c'est impossible. Dans le monde entier, il y a plus de Juifs incarcérés que d'antisémites. Je suis sûre que ce petit Blistier ne préfère pas les Juifs aux Arabes, rassurez-vous, Mahmoud. Trois carreaux.

— Tu y vas fort, maman.

— Tu n'as pas vu mon jeu.

Elle l'étale devant lui puis se lève de table sous un prétexte futile (thé, café, alcool...). Pierre assure ses neuf levées sans problème, sa mère et lui gagnent cette deuxième partie. Les équipes ne sont pas à tirer au sort pour la dernière : Pierre et son père contre Mahmoud et la mère.

La mère, distribuant : — C'est vraiment gentil d'être venu ce soir, Pierre. Tu n'avais rien à réviser pour l'audience de demain ?

— Tout va bien, maman.

Le père : — Dans un procès de cette importance, se changer les idées est souvent le plus important.

La mère : — Loups trouve que tu t'en sors très bien. Rastaing avait dans la tête de te déséquilibrer en évoquant à mots couverts ta vie privée mais Charles Loups l'a fait taire, par amitié pour nous et aussi pour toi, il t'a toujours bien aimé, tu sais.

— Qu'est-ce qu'elle a, ma vie privée ?

Le père : — Rien. Joue, s'il te plaît. Mais c'est vrai que tu as trente ans et que tu n'es pas marié, même avec une goy. Vivre avec un jeune garçon et arabe, car, excusez-moi, Mahmoud, mais, pour autant que je sache, vous êtes un jeune garçon arabe, certains auraient encore moins bien compris que tu défendes Blistier dans ces conditions, ç'aurait pu être pris comme si tu t'excusais.

Pierre, jetant les cartes qui lui restent sur la table mais en les gardant cachées et sans les mêler à celles déjà jouées de sorte que rien de définitif ne se produit : — Là, merde, vous passez les bornes. Qu'est-ce que vous lui reprochez, à Le Pen ? De penser comme vous ?

La mère : — Pierre, je t'en prie. Le privilège de ne pas avoir connu la guerre ne te donne pas le droit de l'effacer de notre mémoire. Joue, s'il te plaît, il n'y en a plus pour longtemps.

Il reprend son jeu, en tire une carte au hasard, offrant leur contrat à ses adversaires.

— Si tu n'as pas envie de jouer, ne joue pas. Mais si tu joues, joue correctement, dit son père, son partenaire.

— Je plaide coupable, papa. J'ai une folle envie de gagner. Tu crois que c'est parce qu'il venait en fait de perdre au bridge contre Hadi Benfartouk que Ronald Blistier l'a tué, par vengeance ?

Le père : — Ce ne serait pas une circonstance atténuante. La justice déteste les mauvais perdants.

La mère : — Je te souhaite de ne rien faire de plus pénible dans ton existence qu'aller dîner chez tes parents avec ton ami, quel qu'il soit. Ça voudrait dire qu'on a su t'assurer une vie assez heureuse.

Le père : — Ta mère veut dire que, même si nous comprenons parfaitement que tu sois énervé vu les circonstances, une partie de bridge n'est pas le pire supplice auquel on puisse être confronté. Finissons-la décemment.

Pierre : — Vous êtes comme Ronald Blistier, c'est vous qui réclamez un peu de décence s'il vous plaît.

Le père : — Qu'est-ce que tu lui reproches, à Ronald Blistier ? D'avoir mal choisi son partenaire ?

La mère : — Tu préférerais qu'il ait tué dix gamins mais pris un autre avocat ?

Pierre : — Vous m'en voulez de ne pas me concentrer assez sur le jeu mais c'est vous qui parlez tout le temps.

Mahmoud : — C'est vrai que ça ressemble au football, le bridge, on n'est jamais en manque de commentaires.

Le père : — Le football nous laisse plus silencieux, ma femme et moi.

Pierre : — Mahmoud est un excellent avant-centre.

La mère : — Ça ne se voit pas, cartes en main. Soit dit sans offense.

Pierre : — Pourquoi vous ne jouez pas toutes les parties ensemble, papa et toi ?

Le père : — Il faut que tous soient à un moment ou à un autre le partenaire de chacun, c'est une question de justice.

Pierre : — La justice n'est jamais donnée à personne mais là c'est cher payé.

Pierre et Mahmoud viennent de rater consécutivement leur contrat. Une règle tacite se met en place selon laquelle les annonces seront désormais organisées de telle façon qu'un des deux jeunes gens sera immanquablement le mort, laissant les parents jouer tellement bien entre eux.

La mère : — Il paraît que le grand-père de la présidente Rontmartin, qui était aussi magistrat, a eu des agissements antisémites pendant la guerre. Je ne sais pas quoi en penser, Pierre, si c'est bon ou mauvais pour toi. Elle peut très bien vouloir défendre mordicus la famille Benfartouk, qui a de toute manière le droit de son côté, je suis bien d'accord, j'ai vu que vous étiez à deux doigts de mal me comprendre, Mahmoud.

— Mais ce n'est pas la guerre judéo-arabe, ce procès, maman.

La mère : — Pour Le Pen et ses lepénistes, les Juifs et les Arabes sont presque dans le même sac. Les conflits entre eux, pour lui, c'est une guerre civile.

Le père : — Il est quand même plus antisémite que raciste. Il soutiendra Saddam Hussein contre Israël.

Mahmoud : — Il vous a fait beaucoup de mal, Le Pen ? Il empêche vos amis juifs d'avoir des visas ? C'est à cause de lui que d'autres amis juifs à vous sont matraqués dans les commissariats, traités comme des chiens, parqués dans des banlieues ? On vous contrôle systématiquement dans le métro ? Vous croyez que la police recherche les Juifs en situation irrégulière pour les expulser ?

Le père : — Je sais bien que vous n'êtes pas antisémite, Mahmoud, sinon vous ne seriez pas ici, encore que les pires antisémites se sont toujours flattés d'avoir des amis juifs. Mais ça ne vous ferait aucun bien, ni à personne, que Pierre n'ait pas le sou et vive dans une cité du Val Fourré comme un illettré.

Mahmoud : — Sept sans atout.

La mère : — Vous êtes sûr ?

Le père contre, l'huile frémit sur le feu. La mère chute d'une levée, n'obtenant que le petit chelem qu'elle avait demandé avant que Mahmoud ne surenchérisse. Ça chauffe.

— Suspension de séance, dit Pierre que Mahmoud a interrogé d'un regard quant à la direction des toilettes.

Le père : — Il a le sang chaud, ton ami. C'est une qualité.

La mère : — Ça ne le gêne pas plus que ça que tu te démènes à défendre quelqu'un qui a tué un compatriote à lui juste à cause de sa race ?

— Maman, Hadi Benfartouk était aussi un compatriote à moi, et à toi, et à Ronald Blistier.

Le père : — Tu comprends bien ce que ta mère veut dire.

Pierre : — Ça le gêne moins que ça ne me gêne moi.

Le père : — Comme je t'ai déjà dit, cette affaire peut être un tremplin pour toi, si tu t'en sors bien.

— Mais m'en sortir bien, ce serait obtenir l'acquittement pour Blistier ou la perpétuité ?

La mère : — C'est sûr que ce n'est pas facile. C'est pour cela que cela peut être un accélérateur pour ta carrière si tout se passe comme il convient.

— Ou un frein sinon. Un arrêt définitif, qui sait ?

Le père : — Ne t'inquiète pas.

La mère : — Tu sais bien que nous serons toujours là pour t'aider.

En revenant, Mahmoud pose un instant deux doigts sur les cheveux de Pierre, premier geste affectueux nécessaire depuis qu'il est dans l'appartement des parents Mine. C'est une manche partout dans la dernière partie, il reste au moins un coup avant que c'en soit terminé avec le bridge. Mahmoud reste concentré, annonce bien et madame Mine et lui gagnent enfin.

La mère : — Je sais bien que tu n'as pas besoin de conseils, mais s'il te plaît, quoi qu'il arrive, reste poli avec Loups et Rastaing.

Le père : — Surtout Loups, s'il te plaît, pense à nous. Et tu n'as rien à gagner non plus à énerver la présidente Rontmartin.

Pierre : — Ce n'est pas ma première affaire.

Le père : — Nous savons bien, nous t'avons toujours fait confiance et l'avons toujours vue récompensée. Mais il y a ici une médiatisation à laquelle tu n'es pas habitué.

La mère : — Sans compter qu'il s'agit d'un crime spécialement abominable comme brûle de le faire remarquer Mahmoud, je comprends qu'il vous touche.

Mahmoud : — Oui, je suis très sensible à la justice.

La mère : — Toujours, les jeunes. Tu étais comme ça aussi, Adrien, tu te souviens ?

Le père : — Oui, j'aurais eu des scrupules, comme Pierre, à défendre Le Pen ou un de ses acolytes, mais je l'aurais fait au nom de la justice bien comprise. Ce n'est pas forcément être dans son droit que hurler avec les loups.

Mahmoud : — Mais Pierrot ne défend pas le moins du monde Le Pen, au contraire il va se servir de Ronald Blistier pour l'attaquer.

Le père : — Espérons que tu y arriveras, Pierrot.

La mère : — Vous l'appelez Pierrot ? Ça fait vingt ans que je ne l'avais plus appelé ainsi. Tu te rappelles quand tout à coup tu n'as plus voulu, Pierre ? Tu trouvais que ça faisait trop gamin.

Adieux polis.

Pierre, dans l'ascenseur : — Je croyais qu'ils feraient un effort et au contraire ils en ont profité, je suis si susceptible aussi. Je suis désolé.

— De rien. Mais je me sens mieux dans l'ascenseur.

Il est étroit, ils sont serrés l'un contre l'autre.

Troisième audience. La rumeur s'est dégonflée d'elle-même, il n'est plus question de la venue de Jean-Marie Le Pen. Sont attendus les témoignages de ceux que sa mort a transformés en anciens amis d'Hadi Benfartouk, ses compagnons du jour du drame, à l'heure dite, mais aussi celui d'un ancien ami de Ronald Blistier que son acte et la pression de la police ont éloigné de lui et qui doit à cette soudaine prise de distance de ne pas se retrouver lui aussi accusé, complice. Cédric Rumanolan accompagnait Blistier, il a prétendu qu'il ne savait pas quelles affiches ils allaient coller, qu'il croyait qu'il s'agissait d'un travail rémunéré pour une campagne de publicité, pour une lessive ou des confitures, qu'il n'a pas aidé le futur assassin dès qu'il a compris, qu'il n'a pas eu le temps de l'empêcher de tirer quand a surgi Hadi Benfartouk et que la meilleure preuve de sa bonne foi et de sa moralité est qu'il a chargé Ronald Blistier. Tous les témoignages montrent cependant que le moins qu'on puisse dire est que Ronald Blistier ne faisait pas mystère de ce qu'il appelle ses « choix politiques », c'est-à-dire son racisme, et que l'étonnement de son ami est d'autant plus surprenant que Cédric Rumanolan a dit durant l'instruction, voulant dissocier son ancien camarade de « la cause » qu'il prétend défendre, que « tous les racistes ne sont pas des assassins ».

L'audition des amis de la victime se passe aussi mal que possible pour maître Mine. Non seulement ils font d'Hadi le portrait d'un adolescent sans défaut, plein de bienveillance, de tolérance et d'intelligence, mais ils trouvent les mots qui assurent la vraisemblance de leur description. Les parents Benfartouk font aussi preuve à la barre d'une dignité assassine pour la défense.

— Tout le monde regrette le drame qui aboutit à la mort du pauvre Hadi Benfartouk et personne ne met en cause la moindre de ses qualités, dit maître Mine qui a obtenu de Ronald Blistier de ne pas être contredit sous peine d'abandonner sa défense. Mais, de même que la justice se doit d'être égale pour le riche et le pauvre et aussi pour l'assassin du riche et du pauvre, il ne faut pas que les qualités d'une victime rendent toute atteinte portée à celle-ci plus condamnable.

Ronald Blistier : — Je suis sûr que maître Mine a tout à fait raison de dire ce qu'il dit, la justice est pleine d'obligations. Mais moi qui peux dire ce que je veux, je dis que si maintenant on prétend qu'il faut couper la tête à tout Français qui tue un Arabe, qu'on me coupe la tête et qu'on économise toutes ces discussions.

La présidente : — Taisez-vous. Depuis des années, il n'y a que les assassins qui coupent des têtes dans ce pays.

Ronald Blistier : — J'ai une circonstance atténuante, c'est que quand j'ai vu Hadi Benfartouk j'ai juste cru que c'était un Arabe, je n'ai pas imaginé que c'était un saint comme tout le monde nous explique aujourd'hui, il ne sortait pas de l'église ni même de la mosquée.

L'assassin présumé (il n'a pas encore été condamné), l'assassin évident n'a pas de talent oratoire, au contraire de son maître Jean-Marie Le Pen, son élocution est au-dessous du médiocre, ce qui parvient à donner une nudité encore plus insupportable à l'ordure de ses propos.

Maître Loups : — Nous ne demandons qu'une chose, que justice soit faite : qu'on ne voie ni n'entende plus monsieur Blistier parader tandis que, à l'écouter, monsieur et madame Benfartouk deviennent de plus en plus livides face à l'accusé qui, non content de leur avoir tué leur fils, tient encore à l'insulter post mortem, et eux avec, dans ce délire raciste que son avocat semble lui conseiller et que la cour, mystérieusement, ne lui interdit pas.

La présidente : — Rassurez-vous, maître Loups, justice sera rendue, mais il tient aussi à vous que ce soit après des débats plus ou moins sereins.

Aucun témoin ne défend Ronald Blistier mais Cédric Rumanolan s'en désolidarise si lamentablement que ça gêne la partie civile. Il est comme l'accusé, tellement ancré dans ses convictions qu'il croit l'honnêteté la meilleure stratégie. Il s'imagine toujours qu'il s'agit d'un débat d'idées. Ses déclarations provoquent le même malaise que celles de l'accusé qu'il prétend enfoncer, si ce n'est que les siennes sont en outre censées dire quelque chose de la vertu retrouvée.

Cédric Rumanolan : — On était sortis pour s'amuser, pas pour tuer un Arabe. On allait faire de la publicité sur des murs, je ne savais même pas que ce serait pour le président Le Pen mais pourquoi pas ? ce n'était nulle part marqué « Défense d'afficher ». Là-dessus, Ronald a eu envie de tuer un Arabe, c'est ignoble quand on y pense mais qu'est-ce que je pouvais y faire ? Je n'allais pas me jeter contre le canon de sa carabine pour mourir en épargnant l'Arabe. Je ne me doutais pas qu'il allait tirer, il a pris la carabine de son père en une seconde, a crié contre l'Arabe, je ne savais pas alors qu'il s'appelait Hadi Benfartouk, et il l'a tué du premier coup, c'est une honte de viser comme ça. Quand j'ai vu le corps tout saignant par terre, un cadavre, et que la police m'a fait comprendre que je serais complice de tout ce qui venait de se passer d'horrible je n'ai pas balancé, j'ai tout dénoncé et j'espère bien que je n'ai rien fait de mal.

S'il faut un tel témoignage pour que maître Mine ait quelques secondes de répit, sa situation n'est guère enviable.

Maître Loups : — À quoi sert ce procès ? À ce que l'horreur de certains actes soit confirmée par les mots, à ce que le racisme s'expose quelques instants en toute liberté pour que chacun puisse constater que l'assassinat en est le stade ultime, prévisible, prévu. À quand la solution finale, programmée, légale, pour tous les étrangers de France et les Français jugés non conformes ?

Maître Mine : — Maître Loups, ce procès sert à juger un jeune homme dont l'horreur de l'acte qu'on lui reproche est telle qu'on n'a pas besoin de l'exagérer.

Ronald Blistier : — Si tout le monde se vante d'être antiraciste, c'est illégal, ce procès, c'est injuste, puisque moi je suis raciste, à quoi ça sert que tout le monde veuille soi-disant être impartial si tout le monde est déjà contre moi ? Moi aussi, si je suis juge d'un antiraciste, il sera condamné illico. Mais sans ce tralala.

Tout en usant perpétuellement de semblables raisonnements, Ronald Blistier parvient pourtant à être toujours inattendu, choquant, la répétition le force à approfondir sa description, montre son état d'esprit, le monde dans lequel il vit, et plus on a de ce monde une image précise, plus on est certes dégoûté mais aussi déconcerté. La honte qu'on voudrait lui faire sentir est comme un radeau auquel on souhaiterait s'accrocher mais lui ne la ressent aucunement et c'est soi-même qui en est envahi, d'être renvoyé par ces horreurs à sa propre impuissance. On manque d'arguments face à un tel discours, comme s'il fallait prouver que la vie est préférable à la mort à quelqu'un qui prétendrait ne pas comprendre pourquoi, et en tout cas pas pourquoi cette hypothèse s'appliquerait uniformément aux Blancs, aux Arabes et aux Noirs. On ignore en outre le degré d'élaboration du discours de Ronald Blistier, dans quelle mesure maître Mine en est responsable, et, si tout le dépasse, pourquoi il s'obstine à demeurer l'avocat d'une telle ordure qui profite de l'audience pour aggraver si possible son crime, rendant caduques les justifications du genre « Chaque accusé a droit à un défenseur » puisque la défense de Ronald Blistier est toujours l'attaque, qu'il insulte à chaque phrase les parents d'Hadi Benfartouk, tous les Arabes et la mémoire de sa victime.

Cédric Rumanolan : — Madame la présidente, c'est vraiment interdit d'être raciste ? Même si je ne fais rien de mal, que ça reste dans mon cœur ? Ou c'est juste les assassinats racistes qu'on n'a pas le droit de pratiquer ?

Maître Loups : — Une conjuration d'imbéciles que leur imbécillité porte à l'ignominie, voilà ce à quoi nous devons faire face et contre quoi nous devons lutter le plus sévèrement possible, s'il vous plaît, madame la présidente.

Maître Mine : — Ce serait trop beau, cher confrère, si le Front national et les racistes ne recrutaient que parmi les imbéciles, et sans doute seraient-ils alors plus aisés à combattre.

Maître Loups : — Pourquoi, cher confrère ? Les imbéciles ne savent pas moins bien viser que les gens intelligents, quand ils s'avancent armés d'une carabine. Ils ont seulement l'avantage, si j'ose dire, de ne pas penser à réfléchir avant d'appuyer sur la détente.

La présidente : — Nous ne sommes pas ici pour juger de l'intelligence de l'accusé mais de ses actes.

Ronald Blistier : — Mais je m'en fiche de ce que vous pensez de moi, vous tous, avec votre respect, madame la présidente. On verra qui sera le plus intelligent quand le président Le Pen sera aussi votre président à vous.

La présidente : — Taisez-vous. Désormais vous ne parlerez que quand on vous interrogera ou je n'aurai aucun scrupule à vous faire expulser.

Maître Mine : — Monsieur Rumanolan, vous prétendez que Ronald Blistier a saisi sa carabine et tiré si vite que vous n'avez pas eu le temps d'esquisser le moindre geste pour l'en empêcher. C'est bien ça ? Ou, ne serait-ce que quelques secondes, n'avez-vous pas approuvé son geste, n'avez-vous pas respecté, dans votre échelle de valeurs, un camarade qui, lui, avait le courage de mettre ses actes en accord avec sa pensée ?

Cédric Rumanolan : — C'est sûr qu'un instant j'ai cru que Ronald avait de bonnes raisons pour agir comme il le faisait.

Maître Loups : — Je trouve ignoble que maître Mine exalte soudain le courage de son client. Ronald Blistier serait-il selon lui deux fois plus courageux s'il avait commis deux assassinats contre des enfants désarmés, dix fois plus s'il en avait, comme il dit, pratiqué dix ?

Maître Mine : — C'est le témoin qui a employé le terme « pratiquer ». Je souhaite juste que le procès de mon client se déroule suivant les règles de la procédure. Je ne suis certes pas le seul à penser qu'il n'y aurait pas déni de justice si Cédric Rumanolan était jugé ici comme complice. Si son innocence lui a été consentie en contrepartie de ses accusations, j'espère que la cour aura la sagesse de ne pas prendre celles-ci en considération.

Maître Mine avance en terrain à moitié conquis, que Cédric Rumanolan ne soit pas dans le box des accusés a nourri de nombreux débats dans la presse, sa responsabilité au moins passive paraît évidente.

Cédric Rumanolan : — C'est sûr que si on mettait tous les témoins en prison, il n'y aurait plus personne pour accuser Ronald. Mais personne ne prétend que j'ai tiré, ce n'est pas la carabine de mon père ni mes empreintes dessus. Et personne ne m'a vu.

Maître Mine : — Que pensez-vous de la mort d'Hadi Benfartouk ?

— C'est un coup dur.

— Pour qui, selon vous ?

— Sûrement pour ses parents, d'abord. Et pour Ronald qui ne mérite pas la prison même s'il y est allé fort, mais il faut voir dans quelle ambiance il vit, on a un peu d'argent chez les Blistier mais il y a des immigrés partout. Et pour moi aussi, qu'on a failli condamner et vous avez raison de dire qu'il y a plein de gens qui voudraient encore faire mon procès, c'est lourd à porter.

— Trouvez-vous juste de ne pas être vous-même poursuivi ? Vous sentez-vous plus proche de Ronald Blistier ou de ses accusateurs ?

— Je l'ai échappé belle. Mais on peut être sur la même longueur d'ondes que Ronald sans approuver forcément le moindre de ses gestes.

— Tirer sur Hadi Benfartouk fut-il « le moindre de ses gestes » ?

— Vous plaisantez. Il ne serait pas au tribunal avec tous les journaux et les télés s'il n'avait pas fait ça.

— Comprenez-vous vous-même un tel acte ? Avez-vous vous-même eu envie de l'effectuer, parfois ?

— C'est sûr que ça démange, souvent. Mais je n'ai pas une carabine à la maison, moi. Et rien ne prouve que je vise aussi bien.

La présidente fait cesser le dialogue s'il doit continuer ainsi.

Maître Mine : — S'il faut que l'accusé se taise et si les témoins, même de l'accusation, sont réduits au silence dès qu'ils disent un mot susceptible de profiter à la défense, les propos outranciers de Ronald Blistier réclamant sa condamnation immédiate et qu'on fasse l'économie de ce « tralala » deviendront malheureusement réalistes.

La présidente : — Laissez-m'en juge, maître.

Maître Loups : — Maître Mine pourrait-il nous expliquer ce qu'il a vu de favorable à la défense dans les déplaisants propos du témoin, son ami ?

Maître Mine : — Le témoin ayant un intérêt à parler comme il l'a fait, je me demandais juste quel crédit accorder à ses déclarations.

La présidente : — L'accusez-vous de faux témoignage, maître ?

Maître Mine : — Non, madame la présidente. Je prétends seulement que Cédric Rumanolan a bien de la chance d'avoir fixé Ronald Blistier durant les quelques fractions de seconde, à l'en croire, où celui-ci a saisi sa carabine, pourtant restée jusqu'alors cachée à ses yeux, semble-t-il, visé et tiré sur le malheureux Hadi Benfartouk. Car, s'il avait par extraordinaire regardé ailleurs à ce si court instant-là qu'il ne lui a pas laissé le temps d'intervenir de quelque manière que ce soit, et s'il n'avait par conséquent pas pu témoigner, rien ne prouve qu'il ne serait pas lui aussi accusé à l'heure qu'il est, complice de son ami qu'il n'aurait pas alors eu la profitable occasion de dénoncer.

Faire du procès de Ronald Blistier celui de Jean-Marie Le Pen emporte l'adhésion de la presse parce que la simple comparution du président du Front national serait déjà un acte politique. Mais, justement, une démocratie se trouve souvent empêtrée de ses lois, et rien ne sert de convoquer de telles audiences s'il faut pour cela tordre les textes ou que Le Pen finisse par être légitimé. Des intellectuels s'affrontent dans divers journaux et à la télévision, certains voyant l'apparition de Jean-Marie Le Pen au tribunal comme une telle victoire qu'ils ne se soucient pas de la suite, estimant au nom de la morale qu'il ne pourrait naturellement alors qu'être condamné, et d'autres craignant que le président du Front national ne sache profiter, dans sa propagande future, de l'innocence que le tribunal, selon le code pénal, devrait lui reconnaître dans un contexte particulier, et qu'il ne l'étende lui-même à l'ensemble de ses actes, de ses déclarations et de sa personnalité, à son passé et à son futur et à ceux de ses militants.

L'absence de poursuites à l'encontre de Cédric Rumanolan fut aussi objet de débat. L'aide, dans la lutte contre Jean-Marie Le Pen, d'un jeune homme aussi peu respectable était-elle à dédaigner au nom de la morale ou à accepter au nom de l'efficacité ? C'est ce clou que maître Mine cherche à enfoncer.

— J'avais en outre cru comprendre, dit-il, que c'était parce qu'il était susceptible de mettre en cause Jean-Marie Le Pen lui-même qu'on avait fait preuve d'indulgence envers Cédric Rumanolan. Mais s'il s'agit juste pour lui d'accuser encore et toujours Ronald Blistier, on n'avait pas besoin de lui et la raison du traitement de faveur dont il a bénéficié — tant mieux pour lui, je n'identifie certes pas mon travail à celui du procureur, que bien sûr je respecte — demeure encore plus mystérieuse.

L'avocat général Limassol : — Pourriez-vous nous expliquer, maître, comment vous en arrivez à la totale culpabilité de Jean-Marie Le Pen dans cette affaire et à la non moins totale innocence de Ronald Blistier ?

Maître Mine : — Si ce tribunal fonctionne, et c'est heureux, selon ses règles propres, établies par le législateur, il n'en est pas pour autant indépendant du monde extérieur. Les sentiments qui se donnent libre cours hors de cette enceinte protégée ont à lui être familiers, ce serait mal rendre la justice que la rendre sans souci de son époque. Pourquoi le cas de mon client a-t-il connu un tel retentissement ? Parce que la haine est dans l'air, aujourd'hui, et qu'un homme politique gagne ses voix en l'attisant. Parce que le combat contre le racisme, malheureusement, est en passe de redevenir la priorité des priorités pour notre société. Ce combat, chacun a sa stratégie pour le mener. Certains ont pu estimer de leur devoir civique d'aboutir à la condamnation la plus rapide et la plus sévère de Ronald Blistier. Ils n'ont peut-être alors pas jugé nécessaire d'explorer à fond chaque piste. Il me semble que l'emploi du temps de Cédric Rumanolan durant les quelques instants, dont la vraisemblance impose qu'ils furent plus qu'une seconde, où s'est organisé et réalisé le meurtre, si c'en est un plus qu'un déplorable accident dû au fait qu'un jeune matamore visait mieux qu'il ne l'imaginait lui-même, ou que le hasard a mal fait les choses, il me semble que l'emploi du temps de Cédric Rumanolan aurait suscité plus de questions si la presse et l'opinion publique, justement scandalisées par la mort d'Hadi Benfartouk, n'avaient réclamé pour l'auteur d'un tel acte un châtiment immédiat. Je ne dis pas que Ronald Blistier est innocent de tout ce qu'on lui reproche et que la totalité de la responsabilité incombe au président du Front national, monsieur l'avocat général. Je dis seulement : méfiez-vous, en réclamant les plus vives sanctions contre Ronald Blistier, de ne pas obtenir aussi malgré vous l'acquittement, au moins symbolique aux yeux de beaucoup, de Jean-Marie Le Pen.

L'avocat général : — Rassurez-vous, maître. Si c'est de moi que Jean-Marie Le Pen attend un acquittement symbolique, sa vie, désormais, ne sera qu'une longue attente.

Geste accablé des bras (qui lui tombent) de maître Mine : — Monsieur l'avocat général, ne pourriez-vous réserver votre démagogie à la télévision et à l'ensemble de la presse ? Le Palais de justice nous invite à un débat de plus haute volée.

La présidente : — C'est vous, maître Mine, que je rappelle à l'ordre. Nous poursuivons tous le même but quant à la qualité des débats mais les insultes à l'encontre de l'avocat général ne sont assurément pas le meilleur moyen d'y parvenir.

Maître Mine : — Pardonnez-moi, madame la présidente, monsieur l'avocat général. Un instant d'énervement et mes mots ont reflété ma pensée.

Pour beaucoup, dans le public, l'audience prend parfois l'allure d'un concours d'éloquence,

Oscar Wilde y ferait un triomphe, à moins que sa condamnation si sévère n'ait justement eu comme raison de remanifester la prééminence, sur l'esprit et sur l'homme, de la loi et de ceux en qui elle s'identifie. Mais, jusqu'à présent, maître Mine était celui qui avait le plus su s'abstenir de reparties à bon marché ou de succès de foire.

Joseph Calussin commente le soir à la télévision : — J'imagine que maître Mine a une idée derrière la tête et qu'il trouve du devoir de tous de l'aider à la mettre en application tant combattre cette volonté que j'espère noble doit lui sembler scandaleux pour des humanistes proclamés. Mais, en reprenant son propre raisonnement, le procès ne serait guère exemplaire si la partie civile, la défense et le ministère public ne se différenciaient plus, et même Jean-Marie Le Pen aurait sujet à réclamation dans une telle alliance.

Mahmoud Mammoudi, qui regarde la télévision avec maître Mine quand l'interview du président des Amis d'Hadi y est diffusée : — C'est vraiment parce que tu as une idée que tu étais si énervé aujourd'hui, ou c'est parce que tu ne l'as plus ?

Il était temps que ce soit vendredi soir et que maître Mine profite d'un week-end pour se remettre à flot, ces débats contradictoires sont franchement exaspérants quand on a déjà au départ une si faible marge de manœuvre et que les adversaires s'obstinent à vouloir la rogner, à l'affût de chaque petite victoire, jamais rassasiés.

Mahmoud : — Ta mystérieuse stratégie que tu ne veux dire à personne, elle fonctionne toujours ou c'est toi qui avances maintenant à l'aveuglette, prêt à tout incident, tacticien, réactif ?

— Oui, c'est une peau de chagrin. Ou un chagrin tout court. C'est vrai que c'est décourageant, tous ces gens qui ne pensent à rien, qui croient que c'est leur intérêt et celui de l'antiracisme et de la démocratie ou de je ne sais quoi de me déstabiliser, qui pensent que lutter contre moi est lutter contre Le Pen alors que c'est moi le mieux placé pour lutter contre Le Pen, si on m'en laissait la force, l'occasion.

— Qu'est-ce qui te prend, Pierrot ? Ne lutte pas contre Le Pen, contente-toi de défendre cette ordure de Blistier, j'espère qu'au moins tu es payé pour ça, fais-le acquitter, rien n'est au-dessus de ton talent.

Les amis de maître Mine savent à quel point il est souvent brillant.

Pour se détendre, les deux jeunes gens vont dîner au restaurant. Mauvaise initiative. Maître Mine est reconnu et pris à partie. Le restaurateur, soucieux de ne pas heurter la majorité de sa clientèle, lui rend le repas impossible par un service déplaisant, n'osant pas le ficher franchement dehors après avoir déjà servi les entrées (et les plats sont presque prêts). Des crétins l'assimilent à voix haute à Ronald Blistier, le traitent d'assassin en liberté. D'autres disent à Mahmoud de faire plus attention à ses fréquentations s'il tient à sa peau, sait-il qui défend son compagnon de table ? Puis Mahmoud Mammoudi lui-même devient cible, à force de ne pas attaquer maître Mine il est un traître.

— Il y avait aussi un bon Juif autour de Hitler pour mieux faire passer son antisémitisme.

Puis ça dégénère encore. Alors que quelques clients essaient de s'interposer en rappelant ce qu'est un avocat, diverses insultes à caractère sexuel se font entendre, ramenant à la raison certains égarés mais multipliant la violence des autres.

— C'est un bon coup, Blistier ?

— Il a une grosse bite ?

— Vous vous amusez bien, tous les trois ?

— Qu'est-ce qui vous excite si fort chez Le Pen ?

Tout à coup, Pierre Mine, qui s'obstine à rester à table, vomit, pour la deuxième fois dans cette affaire, provoquant une colère supplémentaire du patron et un adoucissement de la clientèle hostile à qui ce spectacle ouvre moins l'appétit que les insultes précédentes. Mahmoud Mammoudi en prend prétexte pour traîner son ami dehors, disant au restaurateur : — Votre nourriture ne vaut pas mieux que vous.

Le type les suit sur le trottoir en leur criant dessus pour qu'on l'entende de l'intérieur : — Des voleurs, en plus, c'est le comble mais ça ne m'étonne pas. C'est comme au tribunal, ici non plus vous ne voulez pas régler l'addition.

Mahmoud paie.

Pierre, à la maison, après qu'il s'est rincé la bouche : — Tu crois que si on apprenait qu'un Beur et un Black s'étaient alliés pour torturer à mort un gentil militant facho, orphelin à l'enfance difficile, et que la télévision faisait bien son travail et que la presse écrite relaie parfaitement, tout le pays se dresserait comme un seul homme pour réclamer au nom de la morale la mort de tous les Noirs et Arabes ?

Mahmoud : — Tu as été raisonnable de ne pas te poser la question au restaurant. Au moins ne fais pas de provocation.

— Pas la peine que j'ouvre la bouche pour faire de la provocation. Ma vie entière en est une, chacun de mes sentiments, de mes idées, de mes instincts, dans cet univers de merde. Mes sensations ne sont pas dans la norme, et chaque individualité est responsable et coupable de ne pas ressembler au modèle que constituent tous ceux dont la banalité est le but de toute l'existence. Et ce serait moi le provocateur ? Juste parce que je réclame un espace minimal de liberté, qu'on ne s'occupe pas de moi, de ce que je fais, sens ou pense, de ce que je veux.

— Pourquoi tu défends Blistier ?

— Je t'ai déjà dit. Je n'ai pas pu faire autrement.

Ils parlent de choses et d'autres, Mahmoud veut que son ami se calme.

— Quand même, dit Pierre, un restaurant où je vais régulièrement depuis des années. Fichu dehors comme un malpropre, comme un sale Juif. Tu crois que je pourrais plaider ça, porter plainte pour discrimination raciale en arguant que c'est après avoir appris mes origines qu'ils m'ont jeté ?

Mahmoud : — Provocateur !

Ils passent agréablement du temps ensemble, presque silencieux, détendus. Rien dans son appartement confortable et vaste ne manifeste que maître Mine est un exclu.

Ils se réveillent tard, samedi matin, traînent encore et n'apprennent que le soir les événements de la soirée et de la nuit précédente. Ça a explosé. Il y a eu bagarre entre partisans de Ronald Blistier et Amis d'Hadi, d'abord devant le Palais de justice, comme ça menaçait depuis le premier jour du procès. Puis, après que les CRS ont séparé une première fois les adversaires, ceux-ci se sont dilués en groupes moins conséquents, se retranchant vers la place Saint-Michel où les combats ont continué, disséminés dans les petites rues du quartier et sur les quais. Vers deux heures du matin, on a repêché dans la Seine le corps d'un Français noir de dix-sept ans, mort d'hydrocution. Des camarades à lui prétendent que deux partisans de Ronald Blistier, l'un le tenant par les pieds, l'autre par les bras tirés derrière sa tête, l'ont ainsi balancé un moment avant de le jeter dans le fleuve. Il faisait nuit et froid, un des fachos aurait demandé « Ça flotte, les Négros ? » à la victime, faisant rire ses camarades au crâne rasé qui étaient plusieurs à regarder en participant par leurs encouragements, leurs rires et leurs crachats.

Un militant du Front national, Louis Degrapin, a pour sa part été retrouvé en piteux état rue Saint-André-des-Arts, une épaule démise, deux dents cassées et un œil au beurre noir, le crâne ouvert, pissant le sang sans gravité mais de façon spectaculaire. Le Front national utilise immédiatement ces images pour sa propagande.

Le casier judiciaire de Julien Thoris, le jeune mort, était vierge, mais il se trouve que son demi-frère aîné, âgé de trente ans, a déjà été condamné à plusieurs reprises, pour trafic de voitures volées et agressions.

Alors que tout le monde rivalise d'émotion, droite et gauche, hommes politiques et journalistes, pour rendre compte du drame et le commenter, Jean-Marie Le Pen s'exprime autrement : « Je remarque que la mort de Julien Thoris a toutes les apparences d'un accident, à moins que ce ne soit un règlement de comptes entre voyous pour le partage de je ne sais quel butin entré je sais trop comment dans la famille, tandis qu'il est peu vraisemblable que Louis Degrapin se soit fait ses blessures tout seul. N'a-t-on pas abrogé le code pénal en cachette de telle sorte qu'il soit excusable de laisser pour mort un militant du Front national, l'impardonnable, passible des plus lourdes sanctions, étant de militer dans notre parti ? N'essaie-t-on pas déjà de nous convaincre que c'est une peine trop sévère que de mettre en prison ou renvoyer chez eux les étrangers agresseurs de Français, alors que les adversaires de la peine de mort regrettent d'avoir obtenu son abolition indigne au mépris de la volonté du peuple, aujourd'hui qu'un Français de souche est accusé d'avoir voulu freiner l'immigration chez lui ? »

Tout le monde est évidemment censé reconnaître Ronald Blistier dans ce « Français de souche » à la manière radicale bien à lui « d'avoir voulu freiner l'immigration ».

Mahmoud : — N'aie pas tant l'air catastrophé. On dirait que c'est ta faute.

— Tout est lié au procès.

— Mais ça ne dépend pas de toi que le procès ait lieu. Il aurait pris un autre avocat si tu avais refusé et ç'aurait été pire, quelqu'un qui n'aurait cherché qu'à envenimer les choses, à défendre Blistier idéologiquement. Tâche seulement de ne pas te retrouver l'avocat des assassins de Julien Thoris.

— Oui. J'aimerais vraiment qu'on puisse faire le procès de Le Pen, qu'il débarque à l'audience venant directement de la Santé, miteux, que tout le monde l'accuse et que l'immonde charme soit rompu, que ses ignominies apparaissent pour ce qu'elles sont aux yeux et aux oreilles de tous, que ses anciens électeurs s'éloignent de plus en plus de lui à chaque mot qu'il prononcera, qu'il s'effondre, que sa condamnation à la prison à perpétuité ne lui vaille aucune popularité malsaine, qu'il ne soit plus question de stratégie contre lui et ses idées, que tout le monde, les yeux grands ouverts, comprenne enfin qui sont les victimes et qui est le bourreau, le lâche bourreau qui ne met pas la main à la pâte.

— Il l'y a mise, en Algérie, non ? Avant que tous ces crimes, qui n'étaient certes pas contre l'humanité mais à peine contre quelques Bougnoules, soient amnistiés, la loi rétroactive pour ceux-là c'est qu'ils ont rétroactivement disparu, avec interdiction même d'en reparler si je ne m'abuse, méfie-toi dans le feu du procès et de l'indignation. Tu serais condamné pour avoir rappelé des faits avérés, comme *Libération* l'a été, je crois. En plus, si Le Pen n'avait plus aucun soutien, s'il s'était effondré dans l'opinion publique, ce ne serait plus la peine de le condamner.

— Par simple vengeance, Mahmoud, par respect de la loi, pour tous ses appels sournois à la haine raciale, pour tous ces morts dont il est moralement responsable, toutes ces vies gâchées, rendues plus difficiles par ses déclarations irresponsables.

— Et ses complices, tous les racistes à la petite semaine qui prolongent ses idées sur le terrain, tu prends sur toi de leur pardonner ? De quel droit ? À quel titre ? Tous ceux qui pensent tout bas ce qu'il dit tout haut, leur lâcheté les dédouane ? Tu rêves, Pierrot.

— Quand j'étais étudiant, j'avais un professeur d'histoire qui posait cette question : à partir de quel moment tenter de tuer Hitler devint-il un acte démocratique ?

— Pierrot, il me semble un peu tard pour les questions théoriques et morales. Maintenant, fais ton boulot et défends Blistier. Réjouis-toi d'avoir la chance d'obtenir par ton seul talent l'acquittement de cette ordure, car c'est sûr qu'il n'aura aucun témoignage en sa faveur de tout le procès, rien que ta plaidoirie.

— Et si on poursuivait Le Pen au nom de l'article 227, que ses déclarations sont attentatoires à la dignité humaine ?

— C'est inquiétant que tu en sois toujours à discuter, Pierrot.

Maître Mine passe chaque jour des heures à travailler mais il est clair qu'un problème stratégique nouveau se pose à lui, que ce n'est pas en examinant les détails de l'affaire proprement dite qu'il le résoudra.

Mahmoud : — Tu veux obtenir quoi ? Qu'est-ce qui a changé depuis le début de l'audience ?

— Je me sens de moins en moins à l'aise. Je voudrais que Blistier se taise, au minimum, on dirait qu'il ne cherche qu'à me compromettre, me faire honte.

— Il cherche à te faire peur, Pierrot. Il veut te marquer dans son camp, c'est une stratégie courante du Front national, afin que tu apparaisses comme un traître si tu dis ensuite le moindre mal des lepénistes ou de leur chef et qu'ils soient alors moralement habilités à te casser la gueule, à te trouver à dix contre un, armés de barres et de matraques et de godasses ferrées, un soir à la sortie de chez toi, pour t'expliquer clairement que quand on a intégré un tel compagnonnage c'est pour la vie. Personne ne quitte impunément le Front national. Ne fais pas le malin, Pierrot, s'il te plaît. Je ne veux pas qu'ils te massacrent.

— Je t'adore, Mahmoud.

Mahmoud, cependant, a des amis à voir, une soirée en boîte programmée, des révisions avant examen, que Pierrot ne compte pas trop le revoir du week-end.

La mort de Julien Thoris fait toute la une du *Monde*. À la télévision, la démocratie est en danger, un micro-trottoir s'indigne que Ronald Blistier soit toujours vivant et ses victimes mortes, car Julien Thoris est une de ses victimes par extension, sans le procès du jeune lepéniste le jeune Black serait encore en vie. Maître Mine est pris à partie à mots couverts, on reproche à la défense de « tâcher de justifier l'injustifiable ». « Le moment est-il venu ? » éditorialise *Le Monde* en page intérieure, s'interrogeant sur les éventuelles interdiction du Front national et mise en accusation personnelle de Jean-Marie Le Pen.

La presse dans son ensemble se redemande soudain si ce n'est pas une erreur de tant mettre en avant le cas de Ronald Blistier, de faire à son procès une telle publicité que le racisme a trouvé une tribune avec un retentissement maximal. Prononcés dans le Palais de justice de Paris, les propos de Ronald Blistier, pour immondes qu'ils soient, n'y conquièrent-ils pas un semblant de légitimité aux oreilles de certains extrémistes ? Mais on ne peut pas non plus combattre le racisme en cachette, estiment de nombreux commentateurs, la solennité sied à une telle lutte et la loi est là pour rappeler à l'honneur et à la solidarité humaine ceux qui, par principe, ont fait de la haine leur énergie vitale. Divers éditorialistes souhaitent donc que la loi soit appliquée dans toute sa rigueur, et pas seulement à l'encontre de Ronald Blistier dont l'ignominie de l'action ne doit pas faire oublier la médiocrité du personnage.

Maître Mine est plus sévèrement accusé à la radio et à la télévision à mesure que les heures passent, soit qu'il incite son client à faire au tribunal les déclarations honteuses que l'on sait, soit qu'il n'ait même pas l'autorité suffisante pour l'en empêcher et pourquoi alors rester l'avocat de Ronald Blistier malgré lui ? La tâche est-elle si goûteuse que maître Mine ne veuille en aucun cas l'abandonner ? On lui reproche de chercher la publicité à tout prix tout en concédant qu'il refuse toute interview, il a le sentiment qu'on le met plus violemment en cause pour l'obliger à accepter d'être l'invité de ces stations ou de ces chaînes, on se venge de son silence médiatique en l'interprétant contre lui.

Il éteint radio et télévision, range les journaux. Reste le téléphone. La liste rouge n'y fait rien, son numéro circule et il arrive qu'il décroche pour qu'on lui déverse immédiatement des tombereaux d'injures dans l'oreille. Pire, des phrases de félicitations ou d'encouragements d'admirateurs qui le croient du même bord lui parviennent par ce même canal.

Le téléphone sonne, donc.

— Bonjour, maître. Je suis désolée de vous appeler chez vous, je sais que vous me l'avez interdit sauf force majeure mais mon mari a insisté. « Les événements commandent », dit-il, et celui de cette nuit n'est pas bon pour notre petit Ronald. Qu'est-ce que ce Nègre ou ce Noir, comme vous dites, allait faire dans la Seine au milieu de la nuit, aussi, à l'heure où les Français dorment ? Alors voilà, on est au plus bas, remontez-nous le moral s'il vous plaît. Il ne faudrait pas que Ronald passe sa vie en prison, surtout ses meilleures années de jeunesse. J'ai mis le haut-parleur, mon mari vous entend.

Elle parle au répondeur comme si c'était maître Mine lui-même et l'avocat décroche, à contrecœur mais ce n'est pas contre un tel coup de fil qu'il cherchait la protection de sa machine. Il est envahi par son cauchemar dans le temps et l'espace, même le week-end, même chez lui, il faut croire qu'il l'a voulu ou au moins toléré mais c'est le propre des cauchemars qu'on les crée soi-même, ils ne seraient pas si persuasifs sinon.

— Bonjour, madame. Je me doute de votre inquiétude, à votre mari et vous. Mais personne ne songera à poursuivre Ronald pour la mort de Julien Thoris. Il est probable que cela va alourdir l'atmosphère du procès et de ce qui se passe autour. Mais on peut faire confiance à la présidente Rontmartin et aux jurés pour ne pas se laisser influencer.

— Vous cherchez à nous rassurer ou à nous inquiéter ? Bien sûr que mon mari et moi ne faisons confiance à personne à part vous et Ronald dans ce procès, maître. Vous avez lu les journaux ? C'est honteux. Tout ce déchaînement contre un gamin presque mineur au moment de ce qu'on lui reproche.

— Madame, je crois que le mieux que je puisse faire à l'heure actuelle pour votre mari et vous, c'est de travailler pour Ronald. Aussi, pardonnez-moi si je dois maintenant raccrocher.

Monsieur Blistier père a pris l'appareil : — Eh bien, permettez-moi de vous remercier et de vous souhaiter une fructueuse journée de travail qui nous aide tous. Nous serons dans la salle du Palais de justice dès lundi pour vous applaudir.

Madame Blistier reprend le combiné un instant : — Merci au nom d'une mère, aussi, maître.

Elle raccroche.

Cinq minutes après, deuxième coup de fil.

— Maître Mine, nous savons que vous êtes là. Nous voulons juste vous remercier, c'est madame Blistier avec monsieur à côté, de nouveau. Peut-être vous êtes trop pudique pour décrocher mais je m'excuse pour ce que je vous ai dit tout à l'heure, nous savons bien que vous devez être aussi inquiet que nous après la catastrophe médiatique de cette nuit et que ce n'est pas la peine de vous donner un souci supplémentaire. Ce qu'on dit au répondeur, c'est à vous qu'on le dit : « Merci. Merci. »

Monsieur Blistier : — Je le dis aussi pour ma femme. Merci. Merci de tout notre cœur. Nous savons que vous ne défendez pas Ronald pour l'argent et nous vous en sommes encore plus reconnaissants, même si naturellement nous continuerons à vous payer comme il a été prévu quoi qu'il arrive, ne vous inquiétez pas de ce côté-là. Tant qu'il nous restera de l'argent, nous serons prêts à nous saigner à blanc pour Ronald et pour vous, ma mère est souffrante et peut-être je rentrerai bientôt en possession d'une petite somme, enfin pas forcément si petite, je vous le dis en passant, et je vous jure, maître, que, même si ça se passe après la fin du procès, j'aurai appris à ne pas être un ingrat, comme dit ma femme.

Puis maître Mine travaille tout le week-end, travailler continûment est le seul moyen de ne pas réfléchir à pourquoi il le fait. Pour se changer les idées, il allume un instant la télé et tombe sur madame Thoris mère, en larmes, disant : — J'étais contre la mort d'Hadi Benfartouk et je suis contre celle de mon petit Julien. J'étais déjà contre le racisme contre les Arabes et je suis contre le racisme contre les Noirs, n'en déplaise à monsieur Blistier et maître Mine et tous ces gens-là. Julien était un garçon formidable, beaucoup plus formidable que tous ces gens-là ne seront jamais.

Joseph Calussin dit pour sa part que les Amis d'Hadi sont dorénavant aussi ceux de Julien, qu'il faut que la police fasse son travail vite et bien sans quoi il ne jurerait pas que lui et toute son association ne commencent pas l'enquête pour leur compte, que c'est très bien de respecter les règles du droit dans un procès, tel est le fondement de la démocratie, mais il ne faudrait quand même pas que maître Mine exagère. Il suggère que si l'avocat refuse de dire quoi que ce soit aux journalistes, c'est tout simplement qu'il n'a rien à dire, il y aurait sinon une contradiction à avoir accepté une affaire aussi médiatique pour se conduire avec un tel mépris des médias.

Mahmoud passe en définitive quelques instants le dimanche soir pour tâcher de maintenir hors de l'eau la tête de son ami. Ils grignotent ensemble une pizza qu'ils ont commandée pour ne pas avoir à sortir, c'est Mahmoud qui a ouvert au livreur.

Coup de fil de madame Mine mère : — Ne t'inquiète pas pour cette horrible histoire de Julien Thoris. Tu ne pouvais pas prévoir.

Pierre à Mahmoud : — Et si je n'y allais pas demain ? Je pourrais dire qu'il m'est impossible de continuer à assurer la défense parce que je me suis tordu la cheville, ce ne serait pas moins illogique que leurs raisonnements à eux tous.

— Il ne reste plus qu'à te tordre la cheville, dit Mahmoud en lui saisissant le pied, voilà comment sont implacablement punis les ennemis des Blacks et des Beurs. Cheville tordue à perpétuité avec peine de sûreté de cinq minutes.

— Ce que je pourrais surtout dire, c'est que si les antiracistes avaient mieux fait leur travail, je n'aurais pas eu à me compromettre dans cette trop sale affaire.

— Pierrot, c'est en attaquant ses adversaires que tu comptes engager le procès de Le Pen ?

— Pourquoi pas ? Bien sûr que non.

Une manifestation République-Bastille a rapidement été organisée le lundi à 15 heures. Alors que certains militants antiracistes regrettent cette précipitation, craignant qu'elle ne nuise au succès du rassemblement, se presse dès le tout début d'après-midi une foule que même la préfecture de police évalue à plusieurs centaines de milliers de personnes et dont fait partie Mahmoud Mammoudi. L'émotion est énorme : le procès Blistier a été voulu comme un coup d'arrêt spectaculaire aux dérives racistes du pays et voici qu'il sonne soudain comme un point de départ. La manifestation a été presque spontanée. À Paris, en banlieue, en province, partout des jeunes se sont regroupés pour « faire quelque chose ». Le ministère de l'Éducation nationale a recommandé aux établissements de laisser les élèves libres d'y participer, la plupart des professeurs ont eux-mêmes rejoint le cortège.

Au nom des Amis d'Hadi rebaptisés Amis d'Hadi et de Julien et augmentés dans leur instance dirigeante de quelques proches du jeune Noir, Joseph Calussin, vers 15 h 30, à l'aide d'une sono efficace, réclame une minute de silence. Et, après quelques instants, le temps que sa demande atteigne les manifestants les plus éloignés, il l'obtient. Il y a quelque chose d'extraordinairement spectaculaire dans cette énorme masse réunie juste pour se taire.

La minute écoulée, qui a en fait duré une minute et demie parce que Joseph Calussin a senti qu'il était possible de la prolonger efficacement, le jeune homme rompt le silence d'un sobre « Merci » et, tandis que le cortège se met en route, demande, « au nom des quatre parents malheureusement réunis », qu'aucun slogan ne soit crié et que cette marche demeure le plus longtemps la plus silencieuse possible.

Qu'est-ce qu'une manifestation sinon une communauté d'un instant ? Ces centaines de milliers d'humains qui marchent côte à côte se taisent parce que tout ce qu'ils ont à dire serait moins fort que cette marche, parce que des mots les sépareraient plus vite. Inéluctablement, ils vont bientôt se quitter les uns les autres, pour beaucoup à jamais, aucune autre manifestation ne les réunira dans ce même état d'esprit. De deux morts est née la magie d'un moment, où Mahmoud Mammoudi peut être à l'aise en toute bonne conscience en compagnie d'êtres dont plusieurs dizaines de milliers ne demanderaient qu'à insulter son ami. Les manifestants, tous les quelques instants, avec une périodicité qu'ils découvrent en commun, stoppent leur marche irrégulière en tendant à cent trente-cinq degrés leur poing droit fermé, certes pas dans une pâle imitation du salut fasciste mais avec la détermination partagée de mettre le holà à quelque chose d'insupportable, qu'il n'y a pas besoin de définir autrement qu'ainsi, quelque chose d'insupportable, comme s'il était dans la nature humaine, en tout cas de tous les gens qui sont réunis en ce lieu à cet instant, de spontanément se rebeller contre de tels actes, de telles pensées, de tels sous-entendus, ceux qui ont conduit aux morts d'Hadi Benfartouk et Julien Thoris.

Il y a soudain quelque chose de plus émouvant que tout dans cette manifestation inattendue dont Joseph Calussin prétendra le soir, relayé par certains journalistes, qu'elle a rassemblé un million de personnes, c'est sa brusque évidence. Comme si le pays se rejoignait dans une haine de l'exclusion pour exclure quand même les partisans de la haine raciale, comme si une nouvelle nation se formait, qu'on rêvait d'une nouvelle France dont seraient citoyens, mais eux exclusivement, tous ceux pour qui les morts d'Hadi Benfartouk et de Julien Thoris représenteraient, ne serait-ce que quelques instants, un drame personnel, vital, une défaite.

L'existence d'un ennemi contribue certainement à l'émotion du rassemblement, prolonge le caractère fugitif de la communion. Le Front national, quand il a compris que la manifestation risquait d'avoir une ampleur que personne n'avait imaginée, en a convoqué une à son tour, mettant en première ligne Louis Degrapin et son visage ensanglanté, réclamant le droit pour ses militants, éternelles victimes à en croire Jean-Marie Le Pen, de vivre en démocratie, de défendre leurs idées sans recevoir des coups en guise de toute discussion. Le trouble à l'ordre public étant trop évident, ce rassemblement a été interdit, mais les organisateurs de l'hommage combatif à Julien Thoris et Hadi Benfartouk redoutent des incidents. Chaque manifestant les craint, tant il est clair que des bagarres ne pourraient que nuire, ôtant au rassemblement son caractère d'absolue dignité. La position stratégique du Front national est que toute bassesse semble lui profiter et qu'il est toujours à même d'en créer naturellement.

Ils sont peut-être un million à ne pas se connaître, qui ne se retrouveront jamais ensemble, mais qui sont aujourd'hui prêts à se battre les uns pour les autres, au nom plus d'une émotion que d'une idée, au nom d'une idée inconsciente, d'hypothèses informulées qui sont celles qui rendent la vie vivable.

— Il y a mille manières de lutter contre le Front national, et il faut même espérer au moins mille et une parce que, jusqu'à présent, aucune n'a été radicale, répond Mahmoud Mammoudi à un éphémère voisin qui lui a chuchoté que cette fois Le Pen allait voir ce qu'il allait voir, que la France avait enfin pris conscience du gouffre où les fascistes la menaient et rassemblé ses esprits, qu'en un mot on avait trouvé la réponse définitive aux assauts du Front national.

Or il n'y a rien de définitif dans la réponse du jour à Jean-Marie Le Pen et à ses sbires, c'est un ras-le-bol qui s'exprime, et Mahmoud Mammoudi dit encore : — C'est comme s'il y avait aussi un seuil de tolérance pour le racisme, que tuer Bougnoules et Négros, vraiment, c'est trop, c'est intolérable, et qu'il faut faire cesser cette atteinte à la démocratie, cette exagération, pour mieux revenir à une vie quotidienne où la France quasi entière est d'accord que ce sont de moindres avanies qui doivent s'abattre sur les

Blacks et les Beurs.

— Je suis tout à fait d'accord avec toi, lui dit son interlocuteur blanc en se faisant happer par les rangs de derrière du cortège.

Dans une manifestation, on peut parler sans crainte. Mais on ne sait jamais exactement ce qu'on pense soi-même, à quel point on le pense, et les manifestants se parlent à voix basse pour profiter de leur communion sans créer de brouhaha, son voisin de hasard dans le cortège est quelqu'un à qui on peut adresser quelques mots sans avoir été présenté, chaque présence vaut complicité. À la télévision, le soir, on voit ainsi des images d'êtres qui se serrent dans leurs bras, qu'on croirait amis de toujours et qui le sont d'un instant, qui ne se sont jamais vus et ne se reverront jamais, qui n'ont en commun que d'avoir voulu organiser la vie différemment qu'elle l'est, d'une manière que, une seconde, ils ont cru semblable.

Mais on voit d'autres images, aussi, des incidents ont eu lieu après la dispersion, comme si des excités avaient pour but unique, hors de toute visée politique apparente, d'empêcher le moindre rassemblement de conserver jusqu'au bout toute sa sérénité, ce qui est quand même une visée politique. Ce qui s'est passé exactement est difficile à reconstituer. Pour les journaux télévisés et la presse du mardi, ce serait quelque chose comme ça : une vingtaine de garçons costauds, venus on ne sait pas précisément d'où, certains de l'intérieur de la manifestation à laquelle ils auraient participé depuis le début, d'autres arrivés juste pour les incidents, ont pris à partie en fin de défilé les étudiants juifs de France, reconnaissables à leurs kippas puisque les organisateurs de la manifestation avaient interdit toute pancarte représentative, en leur demandant à quel titre ils étaient là, pourquoi ils se sentaient du côté des victimes dans les meurtres d'Hadi Benfartouk et Julien Thoris, de quel droit ils étaient solidaires. Une provocation antisémite était la plus redoutée par les organisateurs. Le service d'ordre est intervenu immédiatement, alerté par l'indignation spontanée des manifestants, mais les provocateurs ne cherchaient que la bagarre et le mal a été fait, d'autant qu'une deuxième bande de vingt jeunes, armés de barres de fer, cagoulés, a soudain surgi par la rue de la Roquette, cassant toutes les vitrines, semant une panique. La police ne parvint pas à arrêter grand monde et quand, vers minuit, elle contrôla enfin tout le quartier, on trouva sur les murs plus de slogans racistes qu'antisémites, comme si la provocation du début de soirée avait plus comme but de diviser les manifestants que de manifester une haine des Juifs, en fait indifférenciée de celle des Arabes ou des Noirs. Les journalistes rejetèrent l'explication du judaïsme de maître Mine comme prétexte de tension entre communautés (il avait été nommément cité par les provocateurs), l'évoquèrent tous cependant.

Au Palais de justice aussi, la journée est particulière. À 15 heures pile, maître Loups réclame la parole.

— Nous savons tous quels cruels événements sont survenus ces derniers jours. À cet instant, a lieu à Paris une manifestation où tous les jeunes Français souhaitent se presser, le ministère de l'Éducation nationale leur a donné quartier libre. Quel rapport avec l'affaire qui nous réunit ici ? Le crime n'a pas la même victime ni le même assassin. Mais c'est pourtant le même. Madame la présidente, je souhaiterais que, en la mémoire de Julien Thoris, c'est-à-dire aussi en celle d'Hadi Benfartouk et de tous les jeunes gens atteints jusqu'à la mort par la pire des haines, la haine raciale, nous observions une minute de silence.

Ronald Blistier : — C'est ça. Taisez-vous ou vous allez dire encore plus d'âneries. Tout est de la faute du président Le Pen, c'est ça ? C'est un serial killer ? Il est born to kill ?

La présidente Rontmartin : — Je vous serais reconnaissante, maître Mine, d'intervenir auprès de votre client pour qu'il accumule les minutes de silence tant qu'il n'est pas questionné. La demande de maître Loups est par ailleurs rejetée.

Maître Loups : — J'ai une question à poser à l'accusé. Qu'avez-vous ressenti en apprenant la mort de Julien Thoris ? Vous êtes-vous senti plus proche de lui ou de ses agresseurs ?

Ronald Blistier : — Je ne connais personne dans cette affaire, pourquoi venir me taquiner avec pour que je dise une faute ?

Maître Mine : — Je trouve comme mon client que les faits qui lui sont reprochés sont déjà suffisamment graves pour ne pas comprendre la nécessité d'en amalgamer d'autres.

Maître Loups : — Il ne m'était pas apparu jusqu'à aujourd'hui que la gravité des faits, qui rappelle aux plus âgés d'entre nous dont j'ai le malheur d'être les exactions survenues jadis dans la France occupée, fût évidente à l'accusé. Je suis heureux qu'il la reconnaisse enfin.

Maître Mine : — Sa cause paraît-elle si peu sûre à maître Loups qu'il veuille la conforter par des incidents de séance ? Quant à sa haine du nazisme et de l'occupant allemand, lequel a toutefois heureusement abandonné notre territoire depuis plus d'un demi-siècle, il l'exprime suffisamment volontiers dans les émissions de télévision et les magazines pour qu'il soit inutile d'aborder le sujet devant la cour, où elle n'a rien à voir avec l'affaire.

Maître Loups : — Tant mieux pour vous, maître, si votre jeunesse vous permet de considérer aujourd'hui la Seconde Guerre mondiale comme un « détail » de l'histoire contemporaine. Mais peu d'historiens et même d'analystes de la vie politique actuelle partagent votre originale opinion. Les précédentes audiences ne nous avaient en outre pas laissé croire que l'affaire Blistier était à votre goût un simple fait divers. N'approuvâtes-vous point la demande de comparution de Jean-Marie Le Pen ?

Passe d'armes suivante, vers 17 heures, alors que l'extravagant succès de la manifestation est connu au Palais de justice.

Maître Mine : — Près d'un million de personnes, nous dit-on, sont rassemblées entre République et Bastille pour protester contre deux événements abominables, celui qui a eu lieu dans la nuit de vendredi à samedi et celui qui nous vaut à tous d'être ici. Qui croirait, madame la présidente, qu'une telle foule se serait réunie s'il s'agissait simplement de lutter contre le seul Ronald Blistier, ou lui et un autre garçon de son acabit, un marginal malgré lui, incapable de rien comprendre à la vie sociale, inapte à tout sinon à la haine ?

Ronald Blistier : — Maître, je vous en prie. Mes parents ne vous paient pas pour m'insulter. Ce n'est pas parce qu'on est raciste qu'on n'a pas de dignité. Au contraire, ce sont les antiracistes qui n'en ont pas, qui se trouvent pareils à tout le monde, ils n'ont aucun orgueil d'eux-mêmes ni des autres.

Maître Mine : — Laissez-moi parler, s'il vous plaît. Ce procès est-il celui de Ronald Blistier ou de Jean-Marie Le Pen ? J'aimerais qu'il soit celui des deux à la fois. De Ronald Blistier parce que c'est lui qu'on soupçonne d'avoir tenu l'arme qui tua Hadi Benfartouk. Et de Jean-Marie Le Pen parce que c'est lui qu'on soupçonne d'avoir indiqué la cible. Depuis des années déjà, dans des discours publics qu'aucune autorité n'a cru nécessaire ou légal, sauf cas exceptionnel, de censurer, le président du Front national appelle à la haine contre ceux, Français ou pas, qui n'ont pas la peau de l'exacte couleur qui lui convient. Il souhaite que la France s'en débarrasse. Certes, il ne réclame pas le meurtre, mais on n'a pas le sentiment en l'écoutant que la manière lui importe. Ronald Blistier l'a écouté. Est-ce un crime ? Les autorités sont alors coupables d'avoir laissé Jean-Marie Le Pen s'exprimer librement. Ronald Blistier l'a entendu. Est-ce un crime ? Je le crois, si ce qu'il a entendu est un appel au meurtre. Mais qui est alors le plus coupable : celui qui parle, celui qui laisse parler ou celui qui écoute ?

La présidente Rontmartin : — Maître, l'éventuelle interdiction d'un parti politique n'est pas le sujet dont nous avons à débattre.

Maître Mine : — J'ai entendu à maintes reprises maître Loups nous faire part de son engagement en faveur de la démocratie et contre toute tyrannie, aussi bien celle d'Adolf Hitler que celle, présumée, de Ronald Blistier. Je voudrais juste qu'il réponde à cette question : maître Loups, puisque nous sommes d'accord que cette affaire se situe dans un contexte politique précis, considérez-vous Ronald Blistier comme un complice subalterne de Jean-Marie Le Pen, ou Jean-Marie Le Pen comme un simple complice de Ronald

Blistier ? Dans le premier cas, votre sens si aiguisé de la justice n'est-il pas blessé que l'homme de main soit en prison tandis que le patron se pavane en liberté ?

Maître Loups : — Maître Mine, je n'aurais aucune répugnance à voir le président du Front national mis en accusation pour les propos qu'il tient et les drames qu'il provoque. Que votre client n'ait pas la carrure pour faire régner à lui tout seul la terreur raciale en France, nous sommes tous bien d'accord. Mais il n'est pas tout seul. En passant à l'acte, il s'est mis au premier plan parmi ces haïssables excités, et je ne considère certes pas comme une circonstance atténuante qu'un meurtre soit, pour un tel être, un paumé, inapte à tout sinon à la haine comme vous l'avez dit, qu'un meurtre soit pour lui la seule manière de passer un temps au premier plan. Quant à votre métaphore du patron et de l'homme de main, que je considère comme un aveu, une reconnaissance des faits du 19 novembre tels qu'ils ont été établis par l'instruction, je ne vois pas en quoi elle innocente le moins du monde votre client. Certains puristes auront peut-être un sentiment d'injustice à voir le patron en liberté quand l'homme de main, comme vous dites, est emprisonné, et je préférerais en effet qu'il en aille différemment si la loi le permet. Mais le sentiment d'iniquité absolue serait celui d'une foule autrement considérable de citoyens si l'assassin était remis en liberté tandis que la victime demeure au cimetière.

Maître Mine : — Vous avez tout à l'heure, maître, réclamé une minute de silence à la mémoire de Julien Thoris. Je ne sache pas que le moindre soupçon pèse en cette affaire sur Ronald Blistier à qui la prison offre un alibi inattaquable pour la nuit du drame. Vous avez cependant cru bon de lier les deux affaires. Quel est le lien ? Est-ce une bande organisée qui a provoqué les deux morts ? Est-ce Ronald Blistier qui en est le chef ou un autre nom vous vient-il plus spontanément sur les lèvres ?

Encore une fois, tout le monde est d'accord que ce procès devrait plus être celui de Jean-Marie Le Pen que de Ronald Blistier, il n'aurait jamais eu sinon ce retentissement.

Maître Mine : — Or que se passe-t-il ? Il ne s'agit pas d'une bande organisée mais d'une conspiration publique. C'est un paradoxe, un complot réclamant habituellement le secret. Je le dis devant le tribunal en pesant mes mots : le Front national ni son président ne peuvent être tenus pour innocents des actes commis par ceux qui les entendent. Lisez les journaux, écoutez la radio ou la télévision, chaque propos de Jean-Marie Le Pen est riche — ou pauvre, misérable — d'un racisme au mieux diffus. Derrière chacun de ses mots, on peut en entendre d'autres, et derrière chacune de ses propositions on peut aussi voir le spectre des pires abominations de l'histoire humaine. Tout le monde le sait, tout le monde le dit. Ce que Ronald Blistier a fait, c'est ce que recommande Jean-Marie Le Pen. Oh, pas explicitement, il tâche de rester dans le cadre des lois, même s'il n'y arrive pas toujours. Mais les situations dans lesquelles il parle, les sous-entendus qu'il profère, les personnalités de ceux auxquels il apporte son soutien ne laissent aucun doute. Pourquoi tant de démocrates se lèvent-ils contre lui ? Parce qu'ils lisent dans ses déclarations ce qu'y a lu Ronald Blistier. Pour certains, cette compréhension provoque une prise de conscience, les fait s'indigner et résister. D'autres, comme Ronald Blistier, se soumettent à la leçon d'un élu du peuple. Car, avant de savoir si l'accusé a visé, s'il a souhaité tirer et tuer Hadi Benfartouk — je ne reconnais pas strictement les faits du 19 novembre tels que les a établis l'instruction, maître Loups —, il est clair que la situation ne se serait pas présentée, que Ronald Blistier n'aurait pas eu son fusil en main et un gosse français maghrébin au bout si Jean-Marie Le Pen ne l'avait pas rendue possible. Au nom de quelle justice juger Ronald Blistier alors que son initiateur demeure à l'abri de toute poursuite et, peut-être, à l'heure où je parle, diffuse les germes d'un nouveau drame dont, après qu'il sera survenu, dès qu'il sera trop tard, on tâchera de punir le coupable tout en persistant à épargner le responsable ? C'est de l'eau empoisonnée, comment l'empêcher de couler si on s'interdit d'en tarir la source ?

Maître Loups : — J'approuve, maître Mine, le fond de votre raisonnement.

La présidente : — Je vous rappelle à tous deux, maîtres, qu'il s'agit ici du procès de Ronald Blistier et non de celui de Jean-Marie Le Pen. Libre à la presse d'en décider autrement, mais, dans cette salle, il m'apparaît que si la défense et la partie civile doivent être d'accord sur quelque chose, c'est sur la nécessité de respecter les lois.

L'avocat général Limassol : — J'estime comme madame la présidente que chacun, ici, devrait se préserver de toute démagogie. Si je suis plus silencieux qu'il n'est d'usage, c'est que je tâche de n'intervenir que dans les instants où les débats ont un caractère proprement juridique. Il me semblerait sain pour tout le monde que j'aie l'occasion d'être plus bavard.

— Je l'ai joué politiquement correct, aujourd'hui, j'étais énervé et je ne suis pas fier, dit Pierre Mine, le soir, à Mahmoud Mammoudi.

— Pour moi, c'était une grande journée, dit le manifestant. Je suis parti avant les incidents. C'était un monde fou se conduisant de manière on ne peut plus sensée, jamais le Front national ne pourrait réunir autant de gens aussi dignement sur toute la France.

— Ils ont une autre idée de la dignité.

— Tu as dit quoi, toi, que tu n'aurais pas voulu dire ?

Pierre : — Je ne sais pas. J'ai dit ce qu'aurait pu dire Loups, que c'était Le Pen le grand méchant et alors à quoi bon juger les petits ? Ce qui est vrai aussi.

— Oui, oui. Je ne comprends toujours pas comment tu t'es retrouvé l'avocat de Blistier. Ça ne t'a pas fait vomir quand tu l'as entendu te raconter son histoire, et comme à un ami, en plus ?

— J'ai vomi.

Ce procès bloque Pierre Mine, il a des raisons personnelles de s'en débarrasser maintenant qu'il y est engagé jusqu'au cou.

— Ce sont ses parents qui sont venus me chercher, ils avaient pris rendez-vous sous un autre nom. Puis ils se sont dévoilés. J'ai dit que je n'étais pas le bon avocat. « Maître, ont-ils répondu, vous le serez si vous acceptez. » Ils voulaient quelqu'un pas de leur bord. Ils étaient misérables et désespérés, ils ne comprenaient toujours rien à l'affaire. « C'est notre fils unique, il ne faut pas le laisser être immolé à l'opinion publique », disaient-ils. Ils avaient des mots orduriers, la presse juive manipulait tout, on ne comprenait en effet pas comment le garçon aurait pu s'en sortir à moins d'avoir quitté sa famille dès qu'il avait été en âge de marcher. Je ne sais pas pourquoi j'ai accepté, en définitive. Je leur ai demandé plein d'argent dans l'espoir de les dissuader mais ce ne sont pas des pauvres, ils sont quincailliers, ils en avaient mis de côté pour les mauvais jours et c'en était un. Heureusement que j'ai fait ça, d'ailleurs, imagine ma situation si je défendais Blistier gratis, on me reprocherait d'être solidaire, je préfère qu'on attaque ma rapacité. Ils me dégoûtaient mais ils étaient tellement dans les choux, j'étais naïf. Je me croyais au-dessus de tout soupçon, que je n'avais rien à voir avec les racistes et les antisémites sinon le risque d'être leur cible. Je ne sais pas. La première minute que j'ai rencontré Ronald Blistier, en taule, je n'ai rien ressenti de particulier. Je n'ai pas su à quoi m'en tenir, c'était un sale con qui, pour une raison inconnue, avait soudain tenu à passer à l'acte, à faire éclater au grand jour sa saleté et sa connerie. « J'étais frustré de ne l'avoir jamais fait, j'avais peur que les autres me prennent pour un lâche » : c'est ce qu'il m'a dit quand je lui ai demandé pourquoi il avait tiré. J'ai eu le sentiment qu'il croyait à une épreuve initiatique, que tout militant du Front national devait passer par là sous peine de perdre toute dignité comme tu disais. J'ai essayé de lui parler d'Hadi Benfartouk mais rien ne pouvait changer sa conviction que, malgré sa nationalité, Hadi Benfartouk était un étranger en France et que le meurtre se trouvait ramené à la dimension d'un incident à laquelle la victime devait s'attendre. « Ça faisait quatorze ans qu'il vivait en France. Si en quatorze ans il ne s'était pas rendu compte que la France est un pays raciste, tant pis pour lui. Il avait choisi », il m'a dit ça et j'ai vomi et lui n'a pas vu de rapport, il a cru que j'étais malade sans s'y prêter la moindre responsabilité, il a été d'une grande attention, d'une grande complaisance, me recommandant de l'abandonner pour rentrer me reposer.

Mahmoud : — Tu lui as serré la main ?

— Sans même y penser. Ce sont mes oreilles que j'aurais voulu boucher. Je suis un curieux avocat si mon client me dégoûte et il l'a fait du premier instant. Je n'étais évidemment pas le premier choix des parents, plein d'avocats les avaient déjà envoyés au diable. Il aurait fallu que je refuse catégoriquement tout de suite, mais, après, c'était trop tard. J'ai dû croire que c'était une excellente occasion d'attaquer Le Pen, si même la défense s'y mettait. Je signerais pour l'acquittement de Ronald Blistier si ça pouvait mettre Le Pen hors d'état de nuire, même si ça devait me compromettre.

Mahmoud : — Mais ça ne se pose pas comme ça. Au contraire.

— Je vois bien. Mais je ne vais pas mal faire mon travail exprès. C'est injustifiable en soi et ce serait donner des armes supplémentaires aux lepénistes qui s'autoglorifieraient encore plus en victimes de la trahison universelle, même leur avocat prend leur argent et pas leur parti. Je ne vante pas mon habileté mais on ne sait jamais. C'est vrai que tout le monde ressent au moins comme une bizarrerie que la justice s'acharne sur Blistier alors qu'elle laisse Le Pen presque tranquille. Je crois pouvoir bien tirer là-dessus, j'ai des idées quand même. Et Loups sera bien obligé de m'aider sur ce point, de bon ou de mauvais gré.

— Personne ne t'aidera, Pierrot. Il n'y a que moi qui ne demande pas mieux mais je ne sais pas comment faire.

— Ma mère m'a téléphoné tout à l'heure. Elle m'a dit en gros : « Quitte l'affaire. Ça ne nous pose aucun problème, à ton père et moi, de te donner ce que te paient les Blistier. » Elle a dû penser m'aider.

— Comme toi tu penses aider ceux qui luttent contre Le Pen, non ? Et eux ont une autre opinion.

— Ceux qui croient lutter contre Le Pen, tu veux dire, ceux qui luttent contre lui en le nourrissant ?

— Pierrot, tu es sûr de faire mieux ?

— Je ne sais pas. Militer pour soi-même, sans subterfuge, sans faux-semblant, c'est le plus défendable, non ? le plus courageux. J'aurais dû faire ça. Quand, le grand nombre aidant, une opinion devient une complicité, comme à ta manifestation, il y a quand même quelque chose qui ne me convient pas, aussi estimable que soit le mobile, l'inspiration partagée de départ. Ça ne dure jamais, une manifestation.

— Il y a eu des blessés à la mienne, j'aimerais savoir à quel point.

Mahmoud allume la télévision. Il y aurait une trentaine de blessés dont deux graves, un CRS et un des émeutiers cagoulés qui seraient dans le coma.

Le Front national convoque un rassemblement place de la Bastille pour mardi et s'insurge par avance contre une éventuelle interdiction. Jean-Marie Le Pen a fait savoir qu'il ira quoi qu'il en soit.

Mahmoud : — Et les parents Blistier, ils ne t'en veulent pas de compromettre Le Pen ?

— Ils croient que c'est pure tactique. Une famille d'imbéciles, dommage que tous les militants FN ne soient pas aussi bêtes.

Mais c'est difficile pour Pierre Mine et Mahmoud Mammoudi de vivre au milieu de cet environnement, c'est difficile de faire l'amour, faut-il tout oublier ? car sinon il n'y a rien d'excitant.

Mahmoud : — Ça tombe bien que tu m'aimes, un garçon d'origine maghrébine, ou au contraire ça te complique la vie ?

— Je ne sais pas. Je ne sais rien de rien, aujourd'hui. Mais je t'aime.

Pierrot ne trouve cependant pas les bons gestes pour le dire, il est absent à lui-même. Il n'a plus que des idées et des pas réjouissantes.

Mardi matin. La presse met en avant l'immense succès de la manifestation d'hommage à Julien Thoris et Hadi Benfartouk et les dérapages de la soirée, jamais au cours de ces dernières années l'extrême droite n'a semblé aussi active en France. Autres informations commentées : le rassemblement prévu autour de Jean-Marie Le Pen place de la Bastille et que la préfecture a en définitive autorisé malgré la crainte d'incidents, redoutant que l'interdiction en provoque de pires (au moins, le Front national et son service d'ordre seront ici directement responsables en cas de débordements) ; l'apparent changement de ton décidé par maître Mine dans la défense de Ronald Blistier et dont tous les journalistes semblent se féliciter ; et l'enquête sur la mort de Julien Thoris qui paraît ne pas avancer, permettant à des responsables du FN d'avancer au mépris des témoignages des hypothèses leur convenant, du genre règlement de comptes entre bandes rivales dont aucune ne comprendrait aucun membre de race blanche. Tous les skins ou militants du FN interrogés dans le cadre de ce meurtre ont, selon l'expression désolée de plusieurs journalistes, « dû être relâchés ».

Le rendez-vous des lepénistes a lieu à 18 h 30. Une tribune a été installée place de la Bastille au pied de laquelle sont présents quelques milliers de personnes (deux mille selon la police et vingt mille pour les organisateurs, les journalistes diront entre trois et cinq mille), c'est sans commune mesure avec le million de manifestants avancé pour la veille mais pas négligeable. On présente à la tribune Louis Degrapin, le militant blessé autour de Saint-Michel au moment où, à quelques centaines de mètres, Julien Thoris était jeté dans la Seine. Quoique sorti de l'hôpital quelques heures après que ses blessures l'y avaient fait admettre, les médecins ayant été vite rassurés sur sa santé, le jeune homme se présente couvert de bandages. Il dit qu'il a pu voir les voyous qui l'ont brutalement pris à partie, qu'ils avaient l'air déchaînés et qu'il a vraiment eu peur, il a cru y rester, n'étant sauvé que par l'arrivée in extremis de CRS dont il est surpris qu'ils n'aient pas pu arrêter le moindre de ses agresseurs. Ceux-ci, à l'en croire, étaient « très reconnaissables, très typés », « ce qui me faisait le plus peur était que j'avais l'impression de ne même pas être en France et ils se battaient contre moi à cinq contre un, et ce n'est pas non plus dans les habitudes de chez nous ». Mouvements d'indignation chez ses auditeurs.

Le public est chaud quand Jean-Marie Le Pen prend la parole à 19 heures. La station de métro Bastille a été fermée et la police interdit l'accès de la place aux contre-manifestants au prix de diverses échauffourées dont le son parvient jusqu'à la tribune et aux auditeurs. Les équipes de radio et de télévision, tous les journalistes, sont sous la menace des militants FN, des techniciens doivent essuyer les objectifs de leurs caméras souillés de crachats, certains journalistes doivent s'essuyer eux-mêmes, tous subissant en outre des violences verbales. Aucun boycott professionnel de la manifestation n'ayant été envisagé, les journalistes restent cependant sur place pour persister à faire leur métier et braquer micros et caméras vers Jean-Marie Le Pen triomphant comme une bête de scène, il se régale de la haine qu'il suscite et malgré laquelle ses ennemis sont forcés de se passionner pour lui, dans l'amour ou la détestation c'est lui le personnage central. Ses sympathisants l'acclament longuement avant même qu'il commence à parler, quand il serre juste ses propres bras au-dessus de sa tête en criant « Merci, merci » pour couvrir le vacarme des acclamations.

Extraits de son discours : « Chers amis, merci d'être là avec moi pour dire que nous répondrons coup pour coup à tous ceux qui nous seront donnés. Si certains croient que nous nous laisserons faire, que nous nous laisserons piétiner et insulter sans réagir, nous leur prouverons qu'ils se trompent lourdement. Il ne suffit pas d'attaquer ses militants à cinq contre un et d'aller ensuite pleurnicher devant les caméras de télévision, toujours complaisantes à ceux qui injurient le Front national, pour mettre en péril le mouvement que j'ai l'honneur de présider ni le renouveau de la France millénaire. Nous les connaissons, ceux qui pleurent des larmes de crocodile sur les cadavres de chaque Beur ou de chaque Black, comme ils disent, et qui se font une vertu de leur prétendue souffrance. S'ils devaient verser autant de francs de droits d'auteur aux familles de ces victimes qu'ils versent de sanglots, soyez certains qu'ils garderaient les yeux plus secs. On parlait auparavant de promotion canapé, il faudrait dire aujourd'hui la promotion banlieue, la promotion cimetière. Vous et moi, nous savons que ceux qui pleurent en ces occasions ne pleurent pas en vain, écrivains sans lecteurs, intellectuels sans idées, hommes politiques sans électeurs, c'est leur intérêt bien compris qu'ils respectent en prétendant respecter ces prétendues victimes. Ils recherchent des clients, et tous les moyens leur sont bons. Qu'un sympathisant du Front national soit laissé pour mort place de la Bastille après que soi-disant un million d'antiracistes ont souhaité y manifester "sans violence", et aucune de ces bonnes âmes ne laisse percer le moindre soupçon d'indignation. Peut-être, après tout, que notre ami s'est blessé tout seul, peut-être ses lacets étaient dénoués et trébucha-t-il directement dans le coma. Je ne ris plus. Je vous l'affirme et le dis à tous les antinationaux, nous ne nous offrirons pas en agneaux à leurs sacrifices.

On nous accuse d'être racistes parce que nous défendons les Français. C'est un aveu. Qu'est-ce qui les rassemblait, tous ces manifestants courus à Paris de toute la banlieue pour nous offrir un défilé de bric et de broc, quoi d'autre les unissait que la haine des Français, la volonté de diluer dans leur sang à eux l'héritage de nos siècles à nous ? Car il y a une limite à la volonté égalitariste de tous ces soi-disant antiracistes : le racisme anti-Français. Celui-ci est à la mode, personne à Saint-Germain-des-Prés ne s'offusque si les Blancs nés en France de parents français passent après les autres quand il faut faire la queue pour les allocations familiales ou aux Assedic. Je comprends d'ailleurs la reconnaissance des Assedic envers tous les étrangers : voilà des fonctionnaires qui se retrouveraient au chômage si on renvoyait tous ces gens chez eux, avec l'humanité que réclament messieurs Debré et Jospin. Nous, nous ne sommes pas des monstres, nous sommes simplement des Français qui sont fiers de l'être, fiers de leurs pères et de leur pays, ça existe encore. C'est une espèce qu'on dit en voie de disparition mais qui n'a pas besoin du soutien de madame Voynet pour inverser la tendance. Il y a encore des Français en France, et ce n'est pas une bonne nouvelle pour tout le monde. »

Les commentateurs notent la violence de l'intervention de Jean-Marie Le Pen. On peut y voir l'effet de sa lutte interne avec Bruno Mégret, désireux d'offrir plus d'honorabilité au Front national, mais les milliers de personnes réunies au pied de la tribune font un triomphe à l'orateur, riant à ce qu'elles appellent ses plaisanteries, comprenant au quart de tour le moindre de ses sous-entendus, l'interrompant parfois par des applaudissements que rien n'interdit de croire spontanés. Cette foule assemblée place de la Bastille, maintenant chauffée par les paroles de son maître à hurler, est surtout composée de jeunes. Si on les fouillait, on trouverait des armes de poing par centaines. Ils sont prêts à la bagarre, ils ne demandent pas mieux que des organisations d'extrême gauche croient de bonne stratégie de les affronter. L'atmosphère est d'une certaine façon préinsurrectionnelle mais, comme le remarquent des journalistes présents, le climat dans le camp des démocrates est plus au dégoût qu'à la panique, on ne craint pas dans l'immédiat un coup d'État fasciste, on redoute plus une gangrène, une maladie sociale que parfois on parvient à stopper ou faire temporairement reculer, mais que, loin de là, on n'a toujours pas guérie. On ne maîtrise rien, c'est comme si Jean-Marie Le Pen mettait la société entière sur la défensive.

Des incidents semblent inévitables à la dispersion du rassemblement. La présence policière est comme la médiatique, énorme. LCI est en permanence en direct de la Bastille, à quelques plages de publicité près. Mais ses reporters vont devoir finir par rendre l'antenne, rien ne se passant.

Pendant le discours de Le Pen, pour ne pas se contenter de toujours filmer le leader, les caméras se sont par moments fixées sur le public, détaillant les auditeurs, pour la plupart des jeunes hommes aux cheveux courts, c'est le noyau du Front national, la bourgeoisie comme il faut ne s'est pas déplacée aussi volontiers qu'à la fête bleu-blanc-rouge. Si c'est ici une foire, elle est d'empoigne. Les beaux vêtements risqueraient d'être déchirés et le beau monde molesté. Est ici réuni le prolétariat du Front national à qui le parti offre cependant la possibilité de fulgurantes ascensions. De l'extérieur, on peut aussi voir ce rassemblement comme celui d'une bande prête au pillage, n'attendant que la déroute ennemie pour s'en donner à cœur joie. C'est comme s'ils faisaient le siège de la société et que l'instant de la capitulation était sans cesse remis à plus tard. Ce sont les guerriers du Front national, pas les idéologues, on les sent impatients. Le combat physique est leur espoir.

Il y a aussi sur LCI quelques interviews de sympathisants FN destinées à aider à comprendre comment on le devient, la chaîne présente un petit dossier sur le sujet.

— Je suis fan de Le Pen parce qu'il comprend tout, dit une apparence de brute, parce qu'il est d'accord avec nous. Il est pour l'égalité. Pas de raison que tout soit réservé aux riches et aux immigrés. On n'a qu'à faire la bagarre, à un contre un, et on verra qui seront les plus forts.

— Moi, je suis républicain, et mon grand-père aussi, il était républicain, mort pour la France en Algérie, dit un autre. Mais je ne comprends pas pourquoi ce serait moins la République si la France était constituée de Français. Ça s'appelle la République française, non ? Pour vivre chez nous, il faut les deux, républicain et français, ce n'est pas difficile à comprendre, si ?

Un troisième, mégrétiste : — À quoi ça sert de parler aux médias, pour que tout soit utilisé contre nous ? Qu'est-ce que ça peut vous faire pourquoi je vote Front national pourvu que je vote Front national et qu'on soit de plus en plus nombreux ? On vote Front national parce que ça nous fait plaisir et tant mieux si ça vous emmerde.

Un quatrième, au journaliste qui laisse cependant son micro tendu : — Je vote Front national parce que je n'ai pas le droit de te casser la gueule. Mais, si tu veux, je te casse la gueule avec plaisir.

Un cinquième : — Je vais dire tout haut ce que tout le monde pense : si Ronald Blistier n'a pas tué le petit Bougnoule, c'est une honte qu'il soit en prison. Et s'il l'a tué, c'est une honte aussi.

Son copain, se penchant vers la caméra : — S'il ne l'a pas tué, à la rigueur qu'on foute Blistier en prison. Mais s'il l'a tué ? Vous auriez voulu qu'il l'embrasse sur la bouche ?

Et les deux partent en riant ostensiblement.

— Les aléas du direct, dit en plateau le présentateur de LCI, craignant que la chaîne puisse être tenue pour responsable du racisme qui s'y est exprimé si crûment.

Pierre Mine à Mahmoud, devant le téléviseur : — C'est comme si cette affaire me poursuivait vingt-quatre heures sur vingt-quatre. Ce n'est pas un feuilleton, c'est un soap opera. Il ne manquerait plus que j'abandonne pour qu'ils recommencent tout. Qu'est-ce que j'ai à voir avec ces ordures ?

— Rien à voir. Tu as juste à en défendre une.

— Pourquoi c'est tombé sur moi ? C'est à te dégoûter de jouer au loto.

— C'est sûr que ce n'est pas ta semaine de chance.

— Tu dis ça parce que tu me laisses ?

— N'aie pas peur, Pierrot, je ne vais pas partir parce que les programmes télé ne sont pas bons.

Il faut croire que le dispositif policier a eu un effet dissuasif puisque seuls de rares incidents ont eu lieu dans la soirée et la nuit entre manifestants FN et contre-manifestants, sans commune mesure avec ceux des jours précédents. L'événement décisif s'est pourtant bien déroulé dans la nuit, mais là où personne ne l'attendait.

Pour éviter que des excités ne le réveillent à n'importe quelle heure, maître Mine débranche chaque nuit la sonnerie de son téléphone. Il n'apprend donc la nouvelle, sur son répondeur, que quand il se lève, à sept heures le mercredi matin : Ronald Blistier s'est suicidé durant la nuit, il est parvenu à se pendre dans sa cellule, il est mort. Maître Mine appelle immédiatement la direction de la Santé qui lui confirme l'information. Dans tous ses états, il réveille Mahmoud Mammoudi pour échanger quelques mots avec quelqu'un avant de filer lui-même à la prison quoiqu'il n'ait plus de raison de se presser. Faute d'accusé, son travail est terminé.

Il n'y croit pas. Il a peur que certains aient jugé habile de mettre fin au procès plus rapidement que prévu vu les incidents qu'il provoquait, vu la tension à Paris qui commençait à se diffuser dans tout le pays, et que la solution aberrante d'une mise à mort maquillée ait été choisie.

— Un imbécile comme Blistier, étranglé avec son slip, comment veux-tu qu'il y arrive ?

Mahmoud, quoique peu réveillé : — Je sais bien que tu es la personne la plus maladroite de ses mains que je connaisse. Mais je t'assure qu'il n'y a pas besoin d'une intelligence hors du commun pour exécuter un geste pratique. Je fais confiance à ce garçon qu'il aurait pu tuer une pelletée d'Arabes et, physiologiquement, il y a moins de différences qu'il ne le supposait entre un Arabe et lui. Ses compétences ont tout à fait pu s'exercer contre son propre corps.

L'avocat est rapidement convaincu, s'en veut de sa première pensée réflexe, part pour la Santé. Il a l'ambition de constater sur pièces que le suicide était possible et que c'est plutôt toute autre hypothèse qui ne tient pas debout.

En fait, il n'y connaît rien. Quand il arrive à la prison, Ronald Blistier n'est évidemment plus pendant dans sa cellule, on l'a détaché pour tâcher de lui faire reprendre connaissance dès qu'on a constaté qu'il était arrivé quelque chose d'anormal, à la ronde de 4 heures, trop tard. Tous les témoins et officiels, tous les personnages de la nuit, directeur de la prison, médecin de la prison, médecin légiste, gardien, offrent le même récit à maître Mine, personne n'évoquant l'hypothèse rétrospectivement extravagante qui lui traversa d'abord l'esprit.

— Soupçonner un complot, un meurtre, qu'il n'ait pas du tout voulu se suicider lui-même, comme on dit, est-il absolument hors de question ? interroge-t-il cependant.

C'est comme si personne n'y avait pensé.

— Ç'aurait été l'intérêt de qui ? rétorque en outre le directeur accablé, persuadé que cette affaire ne lui vaudra aucune promotion. C'est pain bénit pour Le Pen qui évite la condamnation de Blistier et se retrouve avec une victime de plus dans son escarcelle. Et je vois quand même mal le FN organiser tout un complot, un meurtre, à l'intérieur d'une prison aussi surveillée que la Santé, vous imaginez les risques.

— Naturellement, dit maître Mine qui, dans sa surprise du premier instant, n'avait pas immédiatement compris que c'était pour Jean-Marie Le Pen que ce rebondissement tirait les marrons du feu.

— C'est consternant, dit-il encore quelques instants plus tard devant le cadavre nu de son ancien client. Qu'allez-vous faire ?

— Ce n'est plus entre nos mains, la nouvelle vient d'être rendue officielle.

— Je vais rentrer chez moi, dit maître Mine. A-t-on prévenu ses parents ?

— Quelqu'un va s'en occuper, dit le directeur, vous avez tout à fait raison.

Maître Mine est comme atterré et fasciné par le corps inerte allongé de Ronald Blistier, il a les yeux fixés dessus avec une intensité qui met les autres spectateurs mal à l'aise.

— Ce n'est pas votre faute, dit le directeur. J'aimerais qu'on puisse m'en dire autant.

— Ô combien je l'ai regretté et le regretterai toute ma vie, je n'aurais jamais dû accepter, mais il était sous ma protection.

Quand il retourne chez lui, maître Mine a son répondeur bourré de messages. Les parents Blistier ont dû appeler, les siens aussi, et son bureau, une infinité de journalistes.

Mahmoud est encore là, levé, devant les informations à la télévision. C'est à lui que maître Mine veut parler en premier mais il n'a rien à lui dire.

— Peut-être est-ce aussi bien comme ça, dit Mahmoud.

— On ne saura jamais ce qu'aurait donné ma stratégie. J'étais sûr qu'il se passerait quelque chose, je préfère que ça lui soit arrivé à lui qu'à toi.

Mahmoud : — Je t'assure que je n'ai jamais pensé à me suicider, ces temps-ci. Et je te jure que si ça se posait, je ne choisirais pas la pendaison.

— Non, j'avais juste peur qu'il t'arrive quelque chose à toi, genre cassage de gueule, que tu paies pour moi. Je n'ai pas pensé à quelque chose de ta propre initiative.

Puis : — Bien sûr que j'y ai pensé, Mahmoud. Que tu doives me quitter, que ça simplifie tout.

— Je n'y ai pas pensé.

— Ça ne se pense pas.

— Je ne comprends pas. Tu as envie que je te quitte, tu n'as plus besoin de moi ? C'est ça que tu veux dire, Pierre ?

— Pierrot.

Ils s'éloignent.

— Quelle horreur, dit maître Mine. Et être si affecté par la mort d'une ordure, il n'y a que Le Pen et ses stratégies pour provoquer de telles situations.

— Pierrot, ça ne change rien pour toi. Ce n'est pas toi qui diriges le pays, tu as fait ce que tu pouvais.

— Je ne sais pas si ma plaidoirie aurait été bonne mais j'aurais aimé qu'on puisse en juger. Il n'a pas laissé le moindre mot, peut-être que ce sont les miens qui l'ont le plus blessé, venant de quelqu'un chargé de le défendre. En plus, il y avait cent motifs de cassation. Maintenant, il faut que j'aie le courage d'écouter les messages, d'affronter ses parents et les miens.

« Maître Mine, c'est madame Blistier. On est tristes en pensant à vous, mon mari et moi, on est sûrs que vous êtes aussi triste que nous. C'est un assassinat, n'est-ce pas ? Il n'aurait jamais fait ça tout seul. Vous nous aiderez à lutter encore, s'il vous plaît, en mémoire de Ronald, tant qu'on aura de l'argent, on en a encore. On vous embrasse. »

— Je ne vois pas comment je peux ne pas les rappeler, je vais m'en débarrasser tout de suite, dit-il à Mahmoud qui écoute avec lui.

Aux parents de Ronald Blistier, maître Mine dit sa désolation mais que l'hypothèse d'un assassinat ne tient pas debout, Ronald s'est bel et bien tout à coup senti désespéré, peut-être est-ce sa faute à lui. Les parents ne voient pas de quoi il serait responsable, « si tout le monde s'était conduit comme vous ». Et lui les convainc de la réalité du suicide, même si par bouffées de chagrin et de rage ils diront encore le contraire devant des micros, ils lui font vraiment confiance. « Jean-Marie Le Pen nous a personnellement téléphoné pour nous adresser ses condoléances. On ne peut pas vous dire comme ça nous a touchés, un homme qu'on dit si insensible, aucun autre homme politique ou journaliste ne s'est manifesté pour ça. Merci à vous d'avoir appelé. »

— C'est la dernière phrase du *Procès* de Kafka, dit-il à Mahmoud : « Comme si la honte dût lui survivre. » On dirait qu'ils veulent me compromettre au-delà du suicide de Ronald, ils ne comprennent rien à rien, de pauvres sales gens, ils ne vont pas rester prétendument mes amis toute leur vie. Le Pen devrait les rappeler pour leur recommander de se fâcher avec moi.

Après celui des parents Blistier, il y a le message de sa mère.

« Pierrot, naturellement c'est une conclusion affreuse à toute cette affaire qui ne l'est pas moins, mais sans doute c'est le mieux qui pouvait arriver, même s'il est toujours préférable que la justice soit rendue par un tribunal. En tout cas, ça nous a bien soulagés pour toi. Le mieux, maintenant, ce serait peut-être que tu partes en vacances pour te changer les idées, pourquoi ne le proposes-tu pas à ton ami arabe si sympathique ? Ça te ferait le plus grand bien. La mer, le soleil, l'esprit libre. En tout cas, nous t'embrassons très fort. À bientôt. »

— Alors, ami arabe si sympathique, tu rêves de vacances ?

— Oui, Pierrot, c'est possible que je parte quelques jours avec des amis.

Le téléphone n'arrête pas de sonner et Pierre Mine ne répond pas, il n'a rien à dire à des journalistes, à personne.

Mahmoud, pour reprendre la conversation : — Heureusement au moins qu'il ne s'est pas suicidé la semaine dernière. Là, tu as eu le temps de dire tout le mal que tu pensais de Le Pen, le FN doit quand même moins t'avoir à la bonne.

— Quand même ?

— D'après la télé, il n'y a pas encore eu de réaction officielle mais Le Pen doit s'exprimer dans la journée.

— Il n'en finit jamais de s'exprimer, comme s'il avait tellement de choses à dire. C'est toujours la même qu'il rabâche sur tous les tons, et à chaque nouveau ton on s'indigne, c'est tout ce qu'on a trouvé pour lui répondre. On essaie de le brider, on invente des lois pour le faire taire, mais j'aimerais mieux qu'on lui laisse déverser sa logorrhée jusqu'au bout, une bonne fois, qu'on voie jusqu'où il ose aller si rien ne l'arrête, qu'il s'exprime entièrement. Parce que des gens peuvent lui faire crédit, en pire ou en mieux, comme ils voient bien qu'il ne dit pas tout ce qu'il voudrait. Là, on en fait à trop bon compte une victime aux yeux de milliers d'ordures. Ça va finir qu'on le mettra en prison, mais pas longtemps, juste ce qu'il faut pour que sa popularité augmente, parce qu'il aura émis une opinion insupportable qu'au nom de la liberté d'expression ce sera la moindre des choses d'interdire à tout prix. On a l'impression que l'ambition de la majorité de ses ennemis est d'être manipulés par lui. Pourquoi tant de gens sont-ils si fous, bêtes, énervants ? On ne pourrait pas leur expliquer ?

— Leur expliquer quoi, Pierrot ? Tu as la solution idéale, comme tu l'avais pour le procès ? Je ne vais pas traîner parce que peut-être je partirai dès ce soir, maintenant que tu n'as plus besoin de moi, il faut que je fasse mon sac. Une petite semaine de vacances.

— Mais pars. Pars sans scrupule si c'est ta solution idéale. Et la presse qui monte Mégret contre Le Pen, comme pour faire une virginité à cette non moins grande ordure. Moi, peut-être j'exagère mais je crois que Mégret est vraiment lepéniste, tout à fait capable de faire secrètement assassiner Le Pen pour prendre la tête du mouvement avec le coup de fouet que lui donnerait son chef victime d'un attentat. Mais même si Le Pen meurt naturellement, ce qui va bien finir par arriver, Mégret pourra récupérer l'émotion, ou l'absence d'émotion en s'indignant que les autres ne s'inclinent même pas devant un cadavre, que leur haine soit plus forte que le respect dû aux morts, et il lui suffira de dire que tout en admirant énormément le président Le Pen il n'était pas absolument d'accord sur tout pour devenir un interlocuteur tellement plus présentable, on a l'impression que journaux et télés sont occupés à lui préparer ce terrain depuis des mois. C'est comme s'il ne suffisait pas d'être manipulé par Le Pen, il fallait l'être aussi par Mégret. C'est un tour de force d'arriver à être un jouet entre les mains des deux en même temps.

— Toi, tu proposes quoi ?

— Que tu ne partes pas dès ce soir, peut-être, Mahmoud.

— Pierrot, il a beaucoup de défauts mais n'accuse pas Le Pen si on se quitte un jour.

— Non, je sais. C'est aujourd'hui et tout le monde est innocent.

— Pas du tout. Je pars quelques jours, je t'appellerai, on parlera quand je rentrerai. Pourquoi dis-tu ça ? Tu es fou.

— Alors exprimons notre tristesse et notre indignation unanimes face à ma déclaration. Et contentons-nous de constater que l'heure de notre séparation est venue.

— Je suis désolé, Pierrot. Peut-être.

Pour se changer les idées, pour être inaccessible, Pierre Mine va se promener en voiture, dans la campagne autour de Paris. Il entend à la radio la nouvelle déclaration de Jean-Marie Le Pen, après la mort de Ronald Blistier.

« Lorsque s'est ouvert le procès de Ronald Blistier, nos bonnes âmes des médias et de l'extrême gauche l'ont appelé "le procès de Jean-Marie Le Pen". Ça ne suffisait pas à la presse, la télévision, la justice, les partis politiques, de tous se regrouper pour accabler un malheureux gamin de vingt ans, perdu dans le monde que tous ceux-là ont organisé, ou désorganisé, depuis plus de vingt ans, il fallait encore exercer une pression mentale sur lui, l'obliger à me dénoncer. Le malheureux ! Il l'aurait bien fait, pour sauver sa peau, mais on ne lui avait pas expliqué assez clairement quoi me mettre sur le dos. Il est resté honnête et il en est mort. Car qui n'est pas persuadé que Ronald Blistier serait encore vivant s'il avait su se décharger de son crime sur moi comme tout le monde, de la défense à l'accusation, lui recommandait, et même lui commandait de le faire ? Il y a mort d'homme, mort de jeune homme. Je ne suis pas un naïf, je ne suis pas de ceux qui croient que Ronald Blistier s'est pendu à l'aide de son seul slip, dans l'indifférence de ses gardiens et de toute la prison de la Santé sur les dents. Pas une personne de bonne foi ne peut imaginer cela. Qu'on ait mis ce scénario sur pied montre bien que Ronald Blistier avait une bonne raison de ne pas avoir confiance en la justice de son pays. Laquelle ? Qu'il n'y a pas de justice en leur pays pour les militants du Front national ni pour leur président. "Vous votez FN ? Alors en prison" : c'est la justice au faciès, la justice politique dans la France d'aujourd'hui.

J'en ai assez, voyez-vous. J'en ai assez de recevoir des leçons de morale provenant d'escrocs et d'assassins que les électeurs boudent de plus en plus à chaque fois que l'occasion leur en est donnée. Il n'y a pas jusqu'aux petits chefs centristes démocrates-chrétiens qui se découvrent tout à coup une conviction, il était temps : "Il ne faut pas s'allier avec le Front national, disent-ils, ce serait la défaite assurée." Ouf. J'avais eu peur un instant que ce soit au nom de la vertu que ces messieurs demandent notre exclusion. Non, soyons rassurés, c'est au titre de l'efficacité. Alors je dis à tous les électeurs, pas forcément convaincus par les qualités de stratèges de ces dirigeants, éternels vaincus, je leur dis : "Votez pour nous. Vous aurez même l'absolution de ceux pour qui vous aviez peut-être voté à une élection précédente. Dès que nous aurons gagné ensemble, ils auront la bonne foi de reconnaître que c'est votre stratégie à vous, électeurs, qui est la bonne. Ou, s'ils ne sont en aucun cas prêts à cet aveu, ils ne méritent en aucun cas vos suffrages."

Les commentateurs me font désormais l'honneur de s'intéresser à chaque mot de chacune de mes interventions. Mes exégètes se multiplient, on soupèse en chaque phrase que je prononce les chances qu'elle a de m'envoyer au tribunal. On s'étonnera donc qu'à partir de la simple affaire Blistier je développe l'avenir politique du Front national et de la France tel que je les prévois et que je les promets. Mais ce n'est pas moi qui ai fait de ce procès un procès exemplaire, symbolique, celui de Jean-Marie Le Pen qui, au mépris de toutes les règles juridiques, n'a pas eu besoin de comparaître pour être mis en accusation, insulté conjointement par les deux parties avec l'accord enthousiaste de la cour. Oui, cette affaire est exemplaire parce qu'elle ne se reproduira pas, parce que nous ne nous laisserons pas égorger un par un, la nuit, enfermés dans des prisons brusquement désaffectées malgré les centaines de gardiens et où personne ne voit ni n'entend rien. Je ne sais pas si Ronald Blistier avait tué Hadi Benfartouk ni s'il l'avait fait exprès. Mais je sais que, quoi qu'il se soit passé, Ronald Blistier l'avait fait de ses propres mains, en pleine rue. Ce n'est pas ainsi qu'est mort Ronald Blistier, c'est en douce, louchement, étranglé par des mains qui resteront à jamais anonymes. C'était cela que réclamaient monsieur et madame Benfartouk et tous leurs amis et ceux d'Hadi quand ils demandaient justice ? Alors, si cette nuit, dans une cellule de la Santé, ce qu'ils ont fait honteusement s'appelle justice, alors oui, je le dis fièrement, définitivement, leur culture n'est pas la nôtre, leurs valeurs ne sont pas les nôtres, et notre pays n'est pas le leur. »

— En définitive, la République a été sauvée, dit maître Mine d'un ton méchant à une émission télévisée à laquelle il a accepté de participer, maintenant.

Puis, plus calmement : — Il ne faut pas se décourager quand on lutte contre le Front national, je le dis d'autant plus volontiers que j'ai voulu lutter contre le FN et que souvent j'ai été découragé, on ne sait jamais si nos attaques vont l'affaiblir ou le renforcer. J'espérais que le procès de Ronald Blistier puisse être celui de Jean-Marie Le Pen et il l'a été et l'est toujours. Cette audience est permanente. Pas besoin d'aller au tribunal pour faire le procès de Jean-Marie Le Pen, il se tient partout où cet homme est, à chaque instant où il parle. Il est son propre procès, sa condamnation et la nôtre. Cet homme est notre défaite, notre remords. Nous essayons de le cadenasser dans un coin de notre conscience pour ne plus avoir à en entendre parler mais lui s'exhibe partout, il recherche le scandale et nous lui offrons ceux qu'il désire entre tous. Si c'est par la justice qu'il faut le combattre, qu'on le poursuive pour incitation au meurtre, à la haine raciale. Comment laisser Jean-Marie Le Pen se poser en victime après le suicide de Ronald Blistier ? Le président du Front national est un vampire qui se nourrit de l'aigreur de ses électeurs, mais parfois aussi de leur sang, comme du sang de ses ennemis, non ? Pourquoi Jean Marie Le Pen accuse-t-il les démocrates du prétendu assassinat de Ronald Blistier ? Parce que le mensonge ne lui fait pas peur, parce que porter la diffamation dans le camp adverse lui paraît toujours utile, certes, mais aussi tout bêtement pour détourner les soupçons, pour être celui qui crie le plus fort dans l'espoir que ses hurlements couvriront les accusations portées contre lui-même. Jean-Marie Le Pen s'est servi de la vie de Ronald Blistier pour en faire son bras armé, il n'avait pas choisi ce gamin entre tous pour tuer Hadi Benfartouk ni cette victime entre toutes, mais il avait si bien distillé ce qu'il appelle sa pensée, il s'attache tellement à semer la haine chez tous ses auditeurs, ses militants et ses sympathisants qu'il sait que la graine germera, et tant pis pour l'assassin qui se fera prendre et qui aura servi la stratégie du Front national et de son président. Jean-Marie Le Pen a utilisé la vie de Ronald Blistier et voilà qu'il utilise maintenant sa mort pour susciter d'autres Ronald Blistier, pour transformer d'autres jeunes perdus en pantins qui verront leur vie et leur mort manipulées par cet impitoyable marionnettiste.

Le journaliste : — Défendre un membre du Front national, vous qui êtes juif et de gauche, cela a-t-il changé quelque chose dans vos habitudes, dans votre vie quotidienne, votre façon de penser ?

— Oui.

— C'est-à-dire ?

— C'est-à-dire oui. Une relation intime s'est achevée. Je crois que le Front national fait partie de chacun de nous, l'exclusion nous est familière. La bassesse que chacun recèle en soi et souhaite étouffer, Jean-Marie Le Pen cherche au contraire à la cultiver, il la fait fructifier. Notre violence contre lui vient aussi de la crainte qu'il y parvienne.

Le journaliste : — Vous dites qu'une relation intime s'est achevée pour vous durant ce procès de Ronald Blistier. Vous voulez dire : à cause de Jean-Marie Le Pen ?

— À cause de moi. À cause de l'autre, certainement aussi. Le Pen pèse sur nous tous. C'est pour ça que son procès est à faire tous les jours, qu'il se fait à chaque instant. Partout, tout le temps, des vies changent parce que Le Pen est là, il a ce pouvoir de transformer des hommes en bourreaux et d'autres en victimes, et même certains bourreaux, peut-être, n'auraient pas demandé mieux que de ne pas avoir à choisir.

— Et vous, avec toutes les insultes que vous avez reçues juste pour avoir accepté de faire votre métier d'avocat, avec tous les rebondissements dont vous venez d'avouer qu'ils ont bouleversé votre vie privée, Jean-Marie Le Pen vous a transformé en victime ?

— En victime privilégiée, quand même. Mais, de près ou de loin j'ai touché à Jean-Marie Le Pen et à ses idées, ce n'est pas un hasard si je suis dévasté.

— Le corps a ses raisons, dit Mahmoud Mammoudi à Pierre Mine quand il lui téléphone juste après l'émission pour confirmer la distance qui s'est établie entre eux. Je t'ai trouvé très bon.

DU MÊME AUTEUR

Aux Éditions P.O.L

LE LIVRE DE JIM COURAGE, 1986
PRINCE ET LÉONARDOURS, 1987
L'HOMME QUI VOMIT, 1988
LE CŒUR DE TO, 1994
CHAMPION DU MONDE, 1994 (Folio n° 2876)
MERCI, 1996
LES APEURÉS, 1998 (Folio n° 3311)
LE PROCÈS DE JEAN-MARIE LE PEN, 1998

Aux Éditions de Minuit

NOS PLAISIRS, Pierre-Sébastien Heudaux, 1983
JE T'AIME, récits critiques, 1993

Composition Nord Compo.
Impression Bussière à Saint-Amand (Cher),
le 25 mai 2000.
Dépôt légal : mai 2000.
Numéro d'imprimeur : 1221.
ISBN 2-07-040893-0./Imprimé en France.

90156